新潮文庫

永遠のディーバ

—君たちに明日はない4—

垣根涼介著

新潮社版

10067

目次

永遠のディーバ

——君たちに明日はない4——

明日への鐘は、その階段を登る者が、鳴らすことができる。

File 1. 勝ち逃げの女王

1

さて、と会議の席上、社長の高橋は開口一番何故《なぜ》か苦笑した。

そして、その理由はすぐに分かった――。

「今度のクライアントは、AJA《アジャ》。正式名称はオール・ジャパン・エアウェイズ……言わずと知れたこの国のフラッグシップ・キャリアだ」

直後、真介《しんすけ》をはじめとする面接官の間から、感嘆とも感慨ともつかぬどよめきが湧《わ》く。

「元々は国策企業としての誕生だった。経営が大きく傾き、挙句、会社更生法が適用された現在でも、世界有数のメガ・キャリアだな」

高橋は席上を見渡しながら、さらに笑った。

「で、だ。その前に、この会社の現状――ここ数年のざっとした売上高や、去年の連結決算内容が分からない奴《やつ》は、この部屋にはまさかいないよな？」
面接官の間から、今度は苦笑とも失笑ともつかぬざわめきが至るところで湧き上がる。

当然だ、と真介は思う。真介たち『日本ヒューマンリアクト㈱』の社員で、新聞の経済面に日々目を通さない人間はいない。リストラ面接官という業務上、必要不可欠な情報だからだ。そしてここ数年、ＡＪＡのニュースが出ない週は、テレビでも新聞でもウェブ上でもない。自然、会社概要は頭に入ってくる。うろ覚えでも様々な数字が脳裏に浮かんでは消える。

従業員数は約一万八千人。資本金は千八百億前後。昨年は売上高一兆六千億円に対して、純利益が約一千億円の赤字という散々な体たらくだった。そして同程度の赤字額を、何十年にも渡って平然と垂れ流している、いわば〝親方日の丸〟体質剝《む》き出《だ》しの会社でもある……。

「というわけで、会社概要の説明は省く。会議後に配るレジュメで頭の中の記憶を確認してくれ」そう、高橋はばっさりと切り捨てた。「省くが、一応、何か質問や疑問のある人間はいるか？」

真介の後方から手が挙がった。

あのぅ、とその面接官は遠慮がちに言った。「でも今年に入ってから、ＡＪＡは退職者を大量に募って、それが規定人数に達したとの報道を見ましたが？　そうすると、こっちサイドの出る幕はないんじゃないんですか？」

確かにそのとおりだ、と真介も思う。そしてその希望退職者が規定数に達したどころか、募集一千五百人に対して二千人強の希望者が殺到した、というニュースを見た。

果たして高橋は、ひどく満足そうに小首をかしげた。

「お、優秀優秀。さすがに『日本ヒューマンリアクト』の社員は、日々鬼畜な仕事をしているだけあって、見るところはみんな見てるなあ」

社長、それはないでしょー。

お約束の突っ込みが面接官の間から苦笑いと共に上がる。高橋も破顔した。

「まあ、冗談はさておき、希望退職者が規定人員をオーバーして殺到したということは事実だ。ちょっと想像してみれば分かる。今のうちに退職すれば割増退職金も貰《もら》える。逆に今後ＡＪＡに残ったとしても、昇給はおろか、基本給は今期から四割減。ボーナスも、よほど業績がＶ字回復しない限り、今後はほぼ望めないだろう」

高橋の話は続く。

「ところがここで、ＡＪＡ側としては困ったことが起きた。職種別に見た希望退職者

――特に機材乗務員部門であるパイロットやＣ　Ａ《キャビン・アテンダント》からの希望退職者が三百名の応募に対して四百十名。さらには整備部門では二百名に対して二百八十名、その他グランドホステスから、国内線《ドメ》・国際線《インター》を含む外回り営業などの地上勤務員に関しては、五百名に対して七百強、役員以下の管理職部門で、五百名に対して約七百……これでは、その社員すべてを希望通り今すぐに退職させてしまうと、保有機材台数百七十機、世界で三十五ヵ国二百二十空港を結ぶ運航ラインに、大幅な支障をきたしてしまう。つまりは、黒字路線でも機材を飛ばせなくなってしまうという深刻な可能性が出てきた」

予想外の展開に、会議室はふたたび静けさを取り戻した。

「というわけで、おれたちの出番になる」高橋は話をまとめ始めた。「ＡＪＡの各部門において、当初の予定通りの規定人員枠まで退職希望者を減らす。そして、外部からの説得役として白羽の矢が立ったのが、我が『日本ヒューマンリアクト』というわけだ」

しかし、と今度はさらに別の面接官が手を挙げて質問する。「それって、いつもとは逆パターンということですよね？」

高橋はうなずいた。

「むろん、そうなる。退職に誘い込むのではなく、思いとどまらせることが今回のタームになる」

「でも、そうなると話法としてはどんな感じで？」

「世間の現実で攻める」高橋は断言した。「『辞めるのはかまわないですが、それでも同業他社に移った場合は、もっと労働条件は厳しくなりますよ』という誘導法だ。事実、そうなる。例えば、パイロットやCAの場合、シスコやロスのフライトに関しては、国内競合キャリアのNAS《日本エアスカイ》が一泊三日――つまり現地の滞在時間は八時間ほどのホテルでの睡眠ですぐにリターンしていたのに対して、AJAは本来ずっと二泊四日だった。つまり、現地で一泊目の睡眠をとった翌日はすぐに戻りのフライトではなく、中一日がまるまる休みで、遊びやショッピングに使えるというわけだ」

言いながらも高橋の目がちらりと自分を見たのを真介は見逃さなかった。

あ……つまり、そういう意味？

「で、AJAの破綻《はたん》後、この西海岸のフライトは他社に倣《なら》って一度、一泊三日になる。が、やはり一泊三日は辛《つら》いとの機材乗務員組合からの要望で、現在は再び二泊四日のスケジュールに戻っている」

おぉ、と会議室全体から呆《あき》れたようなどよめきが起きる。

意味は当然真介にも分かった。つまり、会社更生法が適用されて国の金がさらにつぎ込まれているAJAは、給料こそ下がったものの、他の条件ではまだまだぬるま湯に浸《つ》かった緩々《ゆるゆる》状態だということだ。おそらくはひとり一人の社員にも、まるで当事者意識というものがない。

……思い出す。以前、何処《どこ》かの週刊誌でAJAのパイロットの話を読んだことがある。横浜に住んでいたそのパイロットは、フライトのたびに成田までハイヤーで往復をしていたのだという。むろん、首都圏に住むスチュワーデスたちも同様だ。そして当時からAJAは赤字を垂れ流し続け、毎年国から莫大《ばくだい》な損失を補塡《ほてん》してもらっていた。

「な、さすがは元が国策企業だろ」高橋も苦笑した。「まあ、これはAJAなどの国策企業に限らず、地方主体の第三セクターなどにも言えることだ。JR東海などほんのわずかの例外を除いて、地方中央ほとんどが赤字経営だ。そして二十一世紀に入った現在、それら企業はすべて莫大な借財を残したまま会社更生法が適用されているか、実質的に経営が破綻している。ぽすとの宿、長崎オランダハウス……枚挙に暇《いとま》がない。つまり、お役所仕事では机上の計算は出来ても、シビアな企業の経営など到底出来ないということだ」

そこで高橋は一度、言葉を区切った。

「ただまあ、これ以上ＡＪＡの無能ぶりを説明すれば、税金を必死に納めているにも拘《かか》わらず、会社が潰《つぶ》れればどこからも救いの手が差し伸べられないい極細零細企業のわがいい社員からも反感を買いかねないから、ここらあたりで同情すべき点も付け加えておく。面接は、あくまでもクールであるべきだからな」

再び会議室全体から失笑が洩《も》れる。

「国策企業は、その成り立ちからして政治とは無関係ではいられない。たとえば経済右肩上がりの神話がとうに崩壊しきった二〇〇〇年以降でも、静岡空港や茨城空港という採算ベース無視の愚劣な新空港が出来た。それ以前にも地方には、大幅に採算割れしている空港が山ほど誘致されている」

高橋の話は続く。

「地元の有力代議士が票取りのため、誘致に動くからだ。結果、大甘《おおあま》の採算ベースは瞬《また》く間に赤字の山を築く。当然、その路線を飛ぶことを国から半ば強要されたＡＪＡも、赤字額をさらに上積みしていく。つまり、ＡＪＡの今日《こんにち》の体たらくは、社員ひとり一人の原価意識の薄さ、各部門組合の収益無視の労働条件改善要求もさることながら、昔ながらの票狩り政治の結果でもある。そして地域ごとにその代議士を選んだのは、おれたち自身だという事実も、だ。だから、入れたい議員がいないからと選挙に行かないような人間には、今のＡＪＡを批判する資格はない。好きな議員がいないなら、白票を入れて自分の意思を伝えればいい。白票が三割を超えればさすがに議員も考える」

今度は誰も口を開かなかった。高橋はかすかに咳払《せきばら》いした。

「話がチト横道にそれた。まあ、それらのことを肝に銘じて、今回の引き留め面接には臨んでもらいたい。以上だ。なお、各部門の詳しい職種説明および現状問題点も、今から配布する資料に目を通してもらえればほぼ分かると思う。ここまでで、あらためて何か質問は？」

視線を一巡し終えた後、再び高橋は口を開いた。

「では、これから部門ごとの担当者《リーダー》を発表する」言いながら、テーブルの上の資料を一枚捲《めく》った。「まずパイロット部門は、岩坂。その下に相原と木下が付く」

おぉ、と隣の岩坂が喜びとも不満ともつかぬ声を上げる。この会社の社員は真介を含め、ほとんどが中途採用だ。社会人経験がない人間――つまり新卒は基本的に採用していない。中途の人間も、社会に出てから、畑違いの仕事を数回経験したものが圧倒的に多い。面接官として企業を多面的に、そして適度に突き放して見ることが出来るからだ。岩坂は真介より半年早く入社した。年は同年《タメ》だ。

次、と高橋は無表情に言った。「ＣＡ部門。このリーダーは村上。で、真介の下には、佐藤と滝川が付け」

あっ、やっぱり。予想通りだ。くそ……。

途端、隣の岩坂が軽く脇《わき》を突《つつ》いてきた。

「やったじゃん。おまえ、役得《やくとく》」岩坂はそう声をひそめ、からかうように言ってきた。

「やっぱ優男には、優男なりの役目があるってことかぁ？」

思わず真介は顔をしかめた。

「馬鹿《ばか》を言え」

そう、吐き出すように言った。事実そうだ。メーカー直属のコンパニオンや、英会話学校の先生など、見目麗《みめうるわ》しい女性に散々泣かれ、怨《うら》み言をいわれ、挙句の果てには時おりヒステリックにブチ切れられる。今までにも何度そういう目に遭ってきたことか……正直、男性相手より何倍も心労を感じる。コーヒーをぶっ掛けられたほうがまだマシだ、と思うときさえある。

たぶん、あれだ。

真介は思う。

おれは女性の被面接者の場合、比較的、他の面接官よりも面接誘導の結果が良い。それでお鉢が廻ってきた……ふう。

ふと視線を上げると、すべての部門の担当を言い終わった高橋と目が合った。

高橋は再びチラリと微笑《ほほえ》んだ。

あぁ——。

真介は内心、もう一度ため息をついた。

2

この東京には、日本であって日本でないところがある。

今夜、陽子《ようこ》はつくづくそう思った。

午後七時。新大久保で電車を降り、プラットフォームから雑踏と共に改札を抜けると、そこは韓国語と中国語が盛んに飛び交う異世界だった。改札を抜けた向こうに見える、顔、顔、顔——ファッションや表情も明らかに日本人とは異なる。道路の向こうから迫るように覆《おお》いかぶさってくるけばけばしい電飾と、ところ構わずの電子音もすさまじい。

この時間に間に合わせるために、特に午後からは五分の休憩もなく事務処理と来客に追われた。一瞬眩暈《めまい》を覚えそうになる。

なのに、あいつらは一体何だってこんな界隈《かいわい》で好きこのんでご飯を食べようというのか。

そう、吐息交じりに思いかけた直後、
おーい、ヨーコさん。

そんなのんびりとした呼びかけが大声の韓国語に交じって、かすかに聞こえてきた。

見遣《みや》ると斜め左方向に、ガードレールに腰をもたせかけ、いかにも暢気《のんき》そうに構えている二人組の男がいる。そのうちのがっちりとした体格の方が、こちらを向いてさかんに手を振っている。山下だ。そして隣の、ほっそりとした男——真介。よく言えば柔らかい、悪く言えば弛緩《しかん》し切った笑みを浮かべ、軽く腕組みをしたままこちらを見ている。

陽子はつかつかとその二人の方へ近づいていった。

「お疲れ様っ、事務局長」

そう、山下が陽気に軽口を叩《たた》く。真介も陽子を見たまま、相変らず笑みをたたえている。

　仕方なく陽子も苦笑した。

「確かに。今日は、疲れたわ」

　まあまあ、と山下は笑った。「今日はさ、おれがとびっきりのタイ料理屋に案内するからさ」

　その後を真介が引きつぐ。

「で、パクチーと香辛料で汗をかいて、体の毒素も出そうってわけらしい」

　もう一度陽子は苦笑した。

　山下は早くも踵《きびす》を返しかけていた。

「じゃあヨーコさん、真介、早速行くか」

　と、すたすたと西に向かって進み始めた。真介がこちらを見る。黙って手を差し出してくる。

　うん――。

　差し出されたその手を、しっかりと摑《つか》む。八歳下のこの男。でも付き合いだしてかれこれ二年……最近では、何のためらいもなく人前で手をつないで歩くことが出来るようになった。

　まあ、まんざらでもない。

シンハーで乾杯をしたあと、最初に来た生春巻きをソースに付け、舌の上に載せた。二度、三度と噛《か》む。思わず顔を上げて、対面《トイメン》に座った男を見る。

「これ、おいしいっ」

ついそんな感嘆の言葉が出た。

「だぁろー、ヨーコさん」と山下が自慢げに笑う。「おれも二回来たけど、やっぱこの料理、美味《うま》いんだよなあ。しかも値段は、銀座や恵比寿《えびす》辺りの気取ったタイ料理屋とくらべてもさ、激安」

「しかしさあ、おまえ、なんでいきなり」と、隣に座っている真介が口を開いた。「陽子も誘って食事なんて言い出したんだ？」

まあほら、と今度は海鮮サラダにフォークを伸ばしながら、山下は言った。「美味い飯を食うには、やっぱり一人より二人、二人よりは三人のほうが楽しいわけだ」

その言い方に、陽子はふと疑問に思った。

「でも山下くん、いつこんな店、知ったの？」

山下が盛んに動かしていたフォークを一瞬止め、ニヤリと笑った。

「あ、鋭い。やっぱそこ、来る？」

そのからかうような語尾のニュアンス。ああ、とすぐに悟った。

「もういい」陽子は言った。「後はもう、聞かなくても分かるから」

ん？　という顔で真介がこちらを見る。

「なに。どういうこと？」

この――と陽子は多少情けなくなる……こんな勘の悪さで、シビアなクビ切り面接官がよくも務まるものだ。

「女の子が紹介してくれたわけよ。この店を、山下くんに」

「あ、なるほどね」と真介は言いかけ、くすっと笑った。「と、言いたいところだが、こいつのことだ。そんなことぐらい、陽子が気づく前に先刻承知さ」

あれ？

「つまり、おれが疑問なのは、なんで紹介された店にお目当ての女と来ずに、おれたちを誘っているのかってこと。そしてその女とじゃなく、おれたちと飯を食っている時間がある、こいつの現状」

なるほど。真介、なかなかやる。

途端、山下がゲラゲラと笑い出した。

「ま、いいじゃんか。その話は」

パッタイとヤムウンセンが続けざまに運ばれて来た。

「ところでさ、真介」と、山下が言った。「おまえのコペン、最近、調子どうよ」

コペン。真介が乗っているダイハツのオープンカーのことだ。

思い出す。そういえば一年ちょっと前、真介がこの山下からド派手なメタリック・ワインレッドのオープンカーを借りて、その車で新潟に旅行に行ったっけ。コペンじゃ荷物が積めないからと言って。

あれは確か、マツダのロードスターだった。ええと、より正確には、NA型のユーノス・ロードスターだと聴いた記憶がある。二十年も前のクルマなのに、新車同様の輝きだった。レストア、とかいう作業をしたクルマだと真介は説明していた。それでこんなに機関・外装とも調子がいいのさ、と。

「ま、あれだな」真介が答える。「そろそろ七万キロだし、足回り、特にブッシュがいき始めてるかな。アームも若干ヨレ気味だ。あとはクローズド時の、車内の軋《きし》み音。ボディにもかすかに歪《ゆが》みが出始めている。なんせビルシュタインに15インチの45。しかもポテンザだろ。旋回性はいいが、シャーシにはきつい」

陽子にはまるで意味不明だ。だが、山下はしっかりとうなずいた。

「機関は？」

「今のところ、エンジン、ミッションとも問題はない。ブレーキ系統は、マスターバックからホース、ローター、キャリパーまでが一通り、そこそこの経年劣化」

「電装系はどうだ？」

「これは、まったく問題ない」

さすがに二人とも詳しい。元々この二人は北海道での高校時代クラスメイトで、かつ同じバイク乗りだった。その繋《つな》がりで、高校卒業から十五年以上経《た》った今も、こうして仲良く付き合っている。

どころか、真介は二十五歳のときまで、セミプロの二輪ロードレーサーだったのだ。

男の子だな、とふと思う。

このエコの時代に、スピードやガソリンに、まだなんとなく自由とか気ままさとか、そんな魅力を感じている人種がいる。

たしかさ、と山下がさらに話している。「今おまえ、整備はディーラー任せだと言っていたよな」

ああ、と真介はうなずいた。「単車時代と違って、特にイジっている部分もないしな」

「でも、軋み音まではディーラーは対応してくれない、と」

あれ、そういうこと？　と真介は笑った。「つまりおまえ、あの彼のショップにおれのクルマを入れようとしている？」

山下も破顔してうなずいた。

「そういうこと。だって、経年劣化の軋み音までは、フレームを剝《は》がしてチマチマとウレタン入れたり、あるいはボルトまで全バラして対応してはくれないだろ。せいぜい新品への斡旋《あっせん》が関の山だ」

分からないながらも、思わず陽子も口を挟んだ。

「え、その彼って、誰？」

真介がなおも苦みを浮かべたまま、だからさ、と説明し始めた。

去年、真介がクビ切りを担当したディーラーの整備士《メカ》が、偶然にもこの山下のクルマの担当メカだった。そして、そのメカは会社を去り、今では山下を始めとした顧客仲間からのアドヴァイスと支援もあり、藤沢でショップを開店している。

ああ、と陽子も思う。この話、以前に真介から聞いたことがある。そして真介は、あの時の山下にしきりと感心していた。

あいつもさ、一見チャランポランに見えて、ホントいいところあるよ、と――。

「で、どうよ？」山下がさらに突っ込んでくる。「一回、試しに整備に出してみないか？」

「ってかさ、そのショップ、もう経営が苦しいのか？」

山下は首を振った。

「むしろ、順調だ。だがな、メインで扱っている車種が九〇年代のマツダ車だろ。それに特化しているから、遠方からもこだわりの仕事を求めて客は足を運ぶ。だから今はそれでいいかもしれないが、やがてはどうしても年代の壁が来て残存車種は少数になり、経営は尻《しり》すぼみになっていく」

なるほど、と真介はうなずいた。

「でな、こいつのショップに入ってくるクルマは、今もその半分が、ＦＤ──つまり最終型のセブンとロードスターで占められている。だから、九〇年代のマツダ車に軸足を残しつつも、ロータリーとオープンカーにも特化した専門店を目指すよう、この前ちょっと話《アドヴァイス》してきた。特にオープンカー系は、いつの時代にも確実に一定の需要があるしな」

「で、おれのコペンを？」

そうだ、と山下はうなずいた。「とりあえず他メーカーの第一号ってわけだ。言っておくが、仕事は確かだぜ。そうやって、色んなオープンカーに対するノウハウを積ませる」

よっ、と真介が囃《はや》すように声を上げた。

「さすが元バンカーのファンドマン。スクラップ・アンド・ビルドも、お手のもんだなあ」

からかうなよ、と珍しく山下は渋い表情を浮かべた。「そんな気楽なもんでもない。で、どうだ、クルマの件？」

「まあ、おまえがそこまで言うなら」真介は答えた。「今年車検だから、任せるわ」

オブリガード、と山下は白い歯を見せた。「代車には、もしあれだったらおれのクルマを使っててもいいぜ」

まあまあ、と真介は笑み続けている。「ところで、おまえ、最近そんなに忙しいわけ」

「なんでよ？」

「だってさ、クルマ乗ってもいいぜ、なんて言うから」真介は言った。「ってことは、日本にもあんまりいないんじゃないのか？」

まあ、かもな、とやや感慨深げに山下はうなずく。「今年に入ってからも、ニューヨークに一回、上海《シャンハイ》と香港《ホンコン》にそれぞれ二回、サンパウロに一回だもんなあ……日本にいる暇、あんまりないや」

「北米、プラス、ブリックスってやつか」

ああ、と山下はうなずいた。「連中、金は唸《うな》るほど持っているからな。鵜《う》の目《め》鷹《たか》の目《め》で運用先を探している。そのうちの一つに、おれが今居るファンドもある」

「いいねえ、高給取りは」真介はなおもからかう。「当然、このご時世でもビジネスクラスだろ？」

「ああ。チャーリーだ」山下はサラリと専門用語で答えた。「絶対に外せない案件では、さらにぐっすり寝れるようにファーストで行くこともある」

あっ、と陽子は思いついた。

「ひょっとして、それ？」

「なにが？」真介が聞いてくる。

だから、と陽子は言った。「さっきの、この店を紹介してくれた女の子。だってさ、相手が日本に居なければ、こうして一緒にご飯を食べることも出来ないわけでしょ」

おう、と真介も笑った。「ひょっとして『空飛ぶ女』？　ＣＡかあ？」

直後、二人揃《そろ》って対面に座る山下の顔を見た。

山下は、何故か居心地悪そうに後頭部をボリボリと掻《か》いた。

「……ま、ご名答だ。ＡＪＡの、昔風に言うとスッチーだ」

一瞬、真介の表情がやや固まったのを陽子は見た。が、それでもすぐに笑顔に戻り、

「いいじゃん、それ」と、相変らず軽い口調で言う。「ＣＡやるぐらいだから、けっこう可愛《かわい》いし、頭もいいんだろ。おまえ、知り合って嬉《うれ》しくないのか？」

「まあ、可愛いには可愛いし、むろん美人だが……」山下はどうにも歯切れが悪い。

「でも、なあ……」

続く山下の話は、こうだった。

今年の一月、ニューヨークにビジネスで行ったとき、ビジネスクラス担当の若いＣＡ数人と仲良くなったという。

山下は、着いた当日の夜と翌日の午後一杯までで、商談がほぼ終わる見通しになっていた。聞けば、彼女たちもニューヨークで二泊をしてから帰りのフライトらしかった。

ごく自然に、二日目の夜にどこかで食事を、という話になった。さらに言えば、彼女たちＣＡのほうが山下よりはるかに現地事情に詳しかったから、食事に連れて行ってもらうことになった。男女比一対三という組み合わせだったという。

結果、山下には気になる女の子が出来た。二十八歳の女性だった。携帯番号を交換

し、帰国して翌日に電話をかけた。

で、彼女が案内してくれたのが、この店だったという。タイ国際航空のCAたちもよく食事に来る、現地人お墨付きの味だから、というのがその理由だった。

真介が言った。

「なんだ。今のところ、何も問題はないじゃん」

「そりゃ、そうなんだが」

と、山下はぼやきつつも、さらにその先を話した。

この店でなんだかんだと話しているうちに、山下の仕事の話になった。まあ、ロクでもない仕事だよ、と前置きをした上で、山下は自分の仕事内容をざっくりと説明した。彼女は絶妙なタイミングで相槌《あいづち》を打ち続けてくれていたが、やがて、でもそれだけきつい仕事なら、やっぱりそれなりに報酬も貰わないと、やってられないでしょ？

と、訊《たず》ねてきたという。

は、はーん、と聞いていて陽子は思った。

陽子は真介から聞いていて、今の山下の年収をおおよそ知っている。少なく見積もっても三千万はくだらない。陽子の年収のざっと三倍だ。

山下も自分の年収はぼかしながら、基本的には二年おきに倍々ゲームのようにして増えていくことを説明した。ただし、求められる利益の数字も二年おきに倍々ゲームで増していく。その数字のプレッシャーから脱落しなければね、と。

話は途切れ、いったん趣味の話に移った。山下はクルマ、彼女は読書とショッピングだと答えた。その話でお互いにしばらく盛り上がった。

ところで山下さん、と彼女はややあって聞いてきた。『山下さんて、どれぐらい今の会社で頑張ってきたの？』

『え？　うん……八年ぐらいだけど』

知らぬうちに陽子は苦笑を浮かべていたらしい。こちらを見ていた山下も陽子の表情に気づき、失笑した。

「やっぱさ、感じる？　ヨーコさん」

うん、と思わずうなずいた。「だってさ、それってやっぱり、結婚目当てでしょ」

山下もうなずき返す。

「そう。三十半ばでビジネスクラスに乗っているおれ。で、自分で言うのもなんだけど、こういう仕事がら、そこそこに人好きもする。でも基本は、若い男のチャーリー利用……当然その背景もある。だから、誘われたっていうのもあんだろうね」

というか、まんまじゃん――。

だが、さすがにその言葉は呑《の》み込んだ。

「まあしかし、それでもいいんじゃね」今度は真介が口を開いた。「おまえさ、冷静に見て、まさか自分がいい男と思ってるわけでもないだろ。だったら、それがきっかけでもね」

「おまえなー」山下は口を尖《とが》らせた。さらに口元を皮肉そうに曲げ、「はいはい。どうせおれはさ、おまえみたいに高校時代からモテはしなかったよ。しっかしさ、おまえに寄って来る女なんて、みんな擦れッからしのヤンキーばっかだったじゃんかよ。しかも脳味噌《のうみそ》のチョー軽い」

その言いざまに、今度は真介がムッとする番だった。

「なんだよ、それ」

ちょっ、と陽子は思わず口を挟んだ。「ちょっとちょっと。今は、そんな大昔の話は必要ないでしょ」

そう、と自分が言い出したくせに、山下は大きくうなずいた。

「確かにヨーコさんの言うとおり、そんな大昔の話をしてるわけじゃない。とにかくだ。おれは昔から言っている通り、よっぽど気に入った女が出て来ん限りは、結婚はせん。一生独身で行く。それがおれのポリシーや」

「なんだ、それ？」

「おれはな、そうは見えんかもしれんが、元々ロマンチストなんぞ」

「はあ？」

真介はもう、半ば呆れ気味だ。

陽子は思い出す。前に真介から聞いた。山下は、高校時代の後半からは親の転勤で北海道にいたものの、元々の生い立ちは九州だという。だから時おり、そのイントネーションや語尾に、方言が丸出しになる。

とにかくさ、と陽子は言った。「話を戻そうよ。山下くんの気持ちも分かるけどさ、でもそれだけで引いちゃうって、ちょっとどうかとも思うよ。女だって色んな先々のことを想定して考えるだろうし、ちょっとはおおらかに構えてあげてもいいんじゃない」

「実は、おれもそう思ったんだ」あっさりと山下は同意した。「だから、彼女ともう一度、この店に来たんだ」

内心、思わず噴き出しそうになった。

おいおい、二度目のデートもこの店ですか。そりゃ確かにここの料理は絶品だけど、二度目はさすがに男のあんたが店をチョイスして、リードする番じゃない？

　この山下、シャープさを要求される仕事をしているわりには、意外に野暮ったい。そして気が利《き》かない。真介にもそういうところがある。カッコだけは一人前のくせして、やっぱり二人とも根が田舎モノだからだろうか。

　でも、やはりそのセリフも心に仕舞った。とにかく話を前に進めたい。なんとなくだが、さらに面白そうなエピソードを聞ける予感がする。ちょっと意地悪な私。

「それで、二度目はどうだったの？」

「それがさあ――」

　と、さらに山下の話が続いた。二度目もやっぱり、会話自体は弾んだという。そりゃそうだろう、と陽子も思う。お互いに対人関係のプロだ、ささいな話の接《つ》ぎ穂《ほ》でも、容易に話題を盛り上げていけるだろう。

　食事の途中、山下はトイレに中座したのだという。だが、あいにく男用はふさがっていた。すぐに引き返してきたときに、携帯を耳に当てている彼女の背中が見えた。

　あ、うん。来週火曜でしょ。大丈夫だよ。けっきょく相手は何名なの？

　束《つか》の間《ま》の無言のあと、

——ふうん。じゃあこっち、一人足りないね。手配しなきゃ。

そんなセリフがかすかに聞こえた。

さすがに山下は、もう一度トイレに引き返した。そして、トイレが空くのを待って小用を済ませ、また席に戻っていった。ただし、もう白けきったモードで……。

ああ、と真介が多少ゲンナリとした様子で顎《あご》を上げた。

「おれなら速攻パス。駄目だわ、それ。っていうか、男と飯食っている最中に、そんな電話してる時点でアウト」

だろっ、だろだろっ、と山下も強く同意を求めてくる。

「で、ヨーコさんはどう思うよ？」

急に意見を求められ、思わず言葉に詰まった。必死に考えた挙句、口を開いた。

「けどね、彼女が合コンの主催者だって決まったわけじゃないし、単に強引に誘われていただけかもしれないよ。しつこく着信があったのかもしれないし」

「でもさ、だったら『手配しなきゃ』って言葉、どうよ？」

それはほら、とさらに脳味噌を絞る。「単に彼女が気が利いて、かつ責任感があって、もう一人足りないから手配しなければ、と思っただけかもしれないし……」

しどろもどろになりながらも、思う。

ああ。なんで私、そんな見も知らぬ女の弁護役になってるんだろう――。しかもこんな言い訳では、とうていこの目の前の男を説得することなど出来はしない。

案の定、いやいや、と山下は激しく頭を振った。

「おれが聞きたいのはそういうことじゃなくて、ヨーコさんがもし男だったら、そんな女と付き合いたいかってこと」

そう、陽子のフォローを断ち切るように言った。

さらに言葉に詰まり、挙句、本音を洩らした。

「ま、あたしもパスかな」

「だ〜よ」

憤然として山下もうなずく。

しばらくして、しかしさあ、と半ば呆れたように真介が口を開いた。

「おまえ、そんな嫌な思いを二度もした店に、よくおれらを誘う気になるなあ」

「だってよ。店には罪はないじゃん」山下は当然のように答えた。「それに二ヶ月も前のことだし、飯だってムチャクチャ美味いし」

「それでおまえ、平気なの？」

「ぜんぜん」

言いつつ山下はパッタイを頬張った。

十一時には山下と別れ、陽子と真介は新宿から京王線に乗っていた。

結局さ、と電車の中で陽子は言った。「今日、山下くんは、真介にクルマのことを頼みたかった。だから誘ってきたのかな？」

「プラス、さっきの女の子への憤懣《ふんまん》を、誰かにぶちまけたかった」

真介は少し笑って付け足した。そしてさらに低い声になり、陽子の耳に顔を寄せてくる。

「実はさ、おれの今月のクライアント、ＡＪＡなんだよね」

え、と思わず驚いて真介を見た。相手はまた笑った。

「しかも、担当はＣＡ」

あ、それでか、とようやく思った。道理でさっき一瞬、顔が引き締まったわけだ。

「でさ、おれちょっと内部の情報集めてみたんだけどさ、二十代独身のＣＡの、年間の合コン回数って、見当がつく？」

「なに、それ？」

「いいから、答えてみなよ」

年間の、合コン回数……正直、今までそんな言葉を聞いたこともなかったし、見当もつかない。

自分が新入社員だった二十年前のことを思い出す。ええ、と。私たちレベルで年に五回も行けばいいほうだった。

「十回ぐらい？」

真介は笑みを浮かべたまま、両眉《りょうまゆ》を少し上げてみせる。もっと上、ということだ。

「じゃあ、十五回ぐらい？」

今度も真介は眉を上げた。

「じゃ、二十回」

陽子としては相当奮発したつもりだった。

だが、今度も真介は笑ったまま眉を上げた。

「マジ？」

思わず陽子はささやいた。

「マジ」真介はうなずいた。「全然しない子もいる一方、してる子は年間三十回ぐらいはこなしているらしい。多いときは年間四十回」

呆気《あっけ》に取られた。年で四十回ということは、盆暮を除けば、ほぼ毎週のように合コンが入っていることになる……。

「で、陽子。どう思う」

府中駅を出たとき、改めて真介が聞いてきた。

「別に。なんとも」

陽子は答えた。正直な感想だった。

確かに聞いた直後の電車の中では、正直（けッ）と思わないこともなかった。たぶん、自分の若い頃と引き比べて羨《うらや》ましかった。

だが、あれから二十分ほどが経ち、電車を降りた今では、ふーん、そんなものか、と思うだけだ。逆に、そこまでがっついている彼女たちに、妙な不憫《ふびん》ささえ覚えている。

「羨ましくもなんともない、と？」

「だね」陽子は冷静に言った。「そりゃ聞いてすぐは、『くそ、いい思いしてるな』とか思ったけどね」

そう、と真介もうなずいた。「実は、そこなんだ。おれも最初聞いたときは、驚くやら呆れるやらで、でも正直羨ましかった。おそらくはそれだけ男性側からの引きもあるんだろうしね。けどさ、やっぱり時間が経つと、そう羨ましくも思えなくなった」

「なんで？」

うん……と真介は足元を見た。「回数がそこまでいくと、なんかさ、こう男との出会いに縋ってる感じがしてさ。そこまでする理由ってなんだろう、って」

思わず笑った。こいつ、意外に見えている。

「で、その理由をさらに考えて、今回の面接の話法にでも使おうってわけ？」

「ま、そういう感じもある。ある特定の種類の女にはね」

また笑ってしまった。つい手が出て、真介の脇腹を突いた。

「この、ロクデナシ」

「やめろよ」二度目に手を出したとき、真介は、ひょいと腰を捻《ひね》り、陽子の指先を外した。「ちなみにこの傾向、AJAだけじゃなくてNASにもあるらしい。つまりはCA全体の傾向ってこと」

「ふーん」

ややあって、ふと悟った。

「だからさっき、山下くんには黙ってたんだ」

真介はあっさりうなずいた。

「だってさ、年間三十回のうちの一人が自分だと知れば、あいつはますます怒り狂うぜ」

「しょげるんじゃなくて、怒り出すの？」

「そう」夜の舗道に、真介は白い歯を見せた。「しょげるんじゃなく、確実に怒り出す」

「なんで？」

「だってあいつ、『自己憐憫《れんびん》』っていう概念がないもん。だから平気であんな店にまた足を運ぶ」

それから二人顔を見合わせて、あはは、と笑った。

3

面接三日目。

真介の引き留め作業は続いている。午後二時四十七分。今日の今までで、二十二人を面接した。うち、五名ほどが再考するというニュアンスを残し、面接室を出て行った。まずまずの結果だろう。

ふう——。

改めてその五人の履歴を思い出してみる。

共通するのは、五人とも二十代から三十代初めの独身女性だということだ。既婚者のCAで、真介の引き留め工作に心を動かしたらしい人物は今のところいない。

やっぱり、この策は独身女性に限って、有効か。

そう思わざるを得ない。

真介が説得のために口にしたポイントは三つだ。

現在、この会社でのCAの年収は、年齢的なボリュームゾーンの二十代半ばから四十過ぎまでで、四百万台後半から六百万までの間だ。むろん今年早々に会社更生法が適用されたので、来《きた》る四月から、それぞれの給料は、ミニマム三割からマックス四割減となる。

ただし年収の高い順から、その減額幅は大きくなるので、減額後の年収は、三百万台後半から四百万台前半の間に収まってくる。

……この年収を最初聞いたときは驚いた。

正直、減額前の年収にしても、決して高くはない。

現在、一部上場企業レベルのサラリーマンの平均年収は六百四十万だ。ちなみに三十代半ばの真介でも七百五十万は貰っているし、陽子にいたっては一千万だ。ＣＡという職種の内実は、そういうものなのか……。

だが、逆に一般職ＯＬの給料として考えれば、決して安くはない。しかも職種のブランド力や、その上に立った幻想を取り外し、単に〝運輸業〟に携わる女性の給料としてみれば、むしろかなり高いほうだろう。

そして減額後の給料が三百万台後半から四百万台前半の間としても、それは下限値としての約束された年収だ。それ以上は悪くなりようがないという数字……しかも更生法が適用されたとはいえ、会社が実質的に潰れる心配がないというところでは、公務員なみの安心感だ。

だから、一つ目のポイントとしては、このセイフティネットの上に立った年収、という攻め方だった。

もし他に転職をされたとしても、減額後の年収が保証されるとは限りませんよ。

しかもこの長引く不況です。その転職先が今後潰れる可能性だってありますが。

言葉に出して言えば、そんな感じだ――これが、一つ目。

二点目として、ＡＪＡのＣＡというブランド力。

会社更生法が適用されたとはいえ、まだまだそこは、『腐っても鯛《たい》』という奴《やつ》だ。

事実、山下の例を引くまでもなく、相変らず合コンの超人気ブランド。独身女性には、それを捨ててまで辞めてしまうのですか、という意味のことをそれとなく匂《にお》わせる。

三点目。

言わずもがなだが、仕事柄いろんな国に行けて、しかも現地で休息タイムという名目の自由時間もあること。これは、意外に大きな説得材料になる。

だが、そのいずれのポイントも、若手独身のCAならともかく、既婚者のベテランCAになると、あまり大きな説得材料にはならない。

それなりの職業に就いている旦那《だんな》と結婚している場合が多いので、辞めても生活レベルダウンの心配はない。当然、既婚者だから合コンの必要はない。さらに、路線のある国は行き尽くしているので、お腹《なか》一杯状態だ。これまた説得材料にはならない

――うん……。

真介は時計を見た。

二時五十二分。次の被面接者が現れるまで、あと八分。

もう一度、軽くため息をつく。

「美代《みよ》ちゃんさ、次のファイル、ちょうだい」

一瞬の空白の後、

「はーい」

と、隣の席から川田美代子が立ち上がり、いつもの亀《かめ》のようなゆっくりとした動作で、でも元気よく、真介のデスクの前まで歩いてくる。その色気の匂い立つような顔立ち。相変らず血色がいい。化粧の乗りもいい。さらにゆっくりと、ファイルを持った両手を、いかにも大事そうに差し出してくる。手首から漂う、かすかな香水の匂い。今日はサンローラン「ベビードール」。

つい真介は言った。

「美代ちゃん、相変らず調子良さそうだね」

えー、と一呼吸置いて、川田美代子は反応した。その顔に、照れたような笑みが漣《さざなみ》のように広がっていく。「そうですかー?」

うん、と真介はうなずいた。「というか、いつも安定」

川田もさすがに苦笑した。

「昨日、エステに行ったせいですかね。すごく気持ちよかったですもん」

真介も、笑った。

「そっか」

潮が静かに引いていくように、彼女が自分の席に戻っていく。真介もまたファイルを開き、その中の個人情報に集中し始める。

浅野貴和子《あさのきわこ》。四十二歳。

先週見たときも、陽子とほぼ同年代だと思った。そして個人履歴に一通り目を通した直後、（こりゃ、引き留めるにはかなり強敵だな）と感じた記憶がある。

改めて資料に目を通していく。

千葉県浦安市生まれ。幼稚園から高校まで一貫教育の私立を卒業後、都内にあるマンモス私立大に入学。かと言って早稲田や慶応ではない。その次のランクに来る二番手グループ。四年後に卒業。一般職として大手商社に入ったあと、二年後にＡＪＡに転職。

ここだ、と再び感じる。

ＣＡになる女性に共通する、さらに意外な二つの要素。

まずはその学歴が、世間のイメージほど高くはないという点だ。むろん低くもないが、この平成の時代のＣＡでは、旧帝大系の国立や早稲田、慶応クラスはほとんどいない。短大卒もけっこうな割合で存在する。

そして二点目として、全体の三割から四割ほどが、そこそこの企業に一度就職した後、三年以内に転職してきているということだ。

逆に言えば、彼女たちはそこまでしてCAになりたかったのだ。

事実、『スカイ・ステージ』という航空業界の専門誌が、この世界にはある。通称はSS《エスエス》。その雑誌には定期的にCAの中途募集の広告が載っているのだと、先々週の事前調査で知った。そして彼女たち中途採用組は、間違いなくこのSSか、ないしはネットの専門サイトから情報を得て、中途採用に応募してきている。

ふむ——。

やや感慨にふけりながらも、さらに浅野貴和子の履歴に目を通していく。

二十四歳で、約二十名の中途入社組の一人となる。一九九三年の、第四期採用枠だ。社内的な隠語では『93四期』の浅野、と呼ばれるらしい。

例えばこれが、二〇〇二年の新卒なら、『02』のナントカ。さらに二〇〇七年の第二期中途採用組なら『07二期』のナントカ、と呼ばれる。つまり新卒なら、入社年次だけだ。

面白い仕組みだ。

これなら、入社の時期による先輩・後輩の序列が一発で把握できるし、新卒入社か中途入社かもすぐに分かる。

さらに浅野貴和子の履歴に目を通していく。

国内線《ドメ》で三年のキャリアを積んだ後、二十七歳で国際線《インター》へ昇格。翌年二十八歳で、IT企業の取締役と結婚。とはいえ、当時のIT業界だ。歳《とし》の差はわずかに三歳だったらしい。

三十歳で、第一子の娘が誕生。三十二歳で第二子の息子が誕生……。

さらにページを捲《めく》り、極秘情報の欄にチラリと目を通す。二〇一一年現在、旦那は平取《ひらとり》から常務取締役に昇格している。そのIT企業名は、真介にも見覚えがある。この不景気でも着実に業績を伸ばし続けている。

ちなみに現住所は恵比寿。子供たちは今、この地区の公立小学校に通っているが、隣の目黒に旦那の両親が住んでいる。フライトの都合で家を留守にするときは、いつもその旦那の実家に子供を預けているらしい。その祖父母もまた、嬉々《きき》として孫の面倒を見ているという。

ふむ、とまた感慨にふける。

まったく順風満帆のCA人生だ。いわゆる『勝ち組女性』の生き方としては、非常に理想的だろう。

三十七歳で、CA内での班長職であるチームコーディネータになる。通称はTC。具体的な仕事内容としては、通常業務もこなしながらの、八人から十人の若手のCA

の取りまとめ兼指導役だ。このTCになる年齢は、新卒者平均で三十代後半からだ。中途採用で三十七でTCになるというのは、やはりこの浅野、それなりに仕事が出来るのだろう。

ともかくもその後の五年間、この浅野はTCという班長職を続けながら現在に至っている。

改めて個人情報ファイルの一枚目に戻り、その右上にある顔写真をじっと見つめる。CAになるだけあって、さすがに整った顔立ちをしている。

「……」

真介はなおも、なんとなくその写真に見入る。あとはもう、相手の浅野が現れるまで、それだけしかやることがない。

何故《なぜ》なら、彼女の職務経歴書はそのTCの職階で終わりになっているからだ。AJAに入社して以来、CA部門からの異動もない。だからこの十五年以上にわたるキャリアでも、職務経歴書はわずか一枚で終わり、すぐに読み終えてしまう。

実はこのあっけなさすぎる職務経歴書は、彼女に限らず、CA全般に共通することだ。

そしてそこに、勤め人のキャリアとして見た場合の、このCAという職種の重大な欠陥が現れている……。

ふと思う。

これが引き留め面接ではなく、本来のクビ切り面接なら、もっと有効な切り出し方はいくらでもあるのだが――。

直後、正面の扉がノックされた。素早く腕時計を見る。三時と、二秒過ぎ。

CA職の面接で感心することは、その職務柄、全員が時間に非常に正確なことだ。この点はさすがだ。

立ち上がりつつも、声が自然に出た。

「はい、どうぞ。お入りください」

ドアノブが廻り、長身の女性が入ってくる。むろん、手足もスラリと長い。AJAでの採用基準をふと思い出す。身長は一六三センチ以上。単に見た目の問題だけではない。搭乗客の荷物を座席上のラゲージスペースに仕舞う手伝いをする場合、それ以下の身長だと、どうしても作業に支障が出る場合が多いからだ。

こちらに近づいてくるその歩き姿勢。様《さま》になっている。背筋がピンと張り、ハイヒールを履いているにも拘《かかわ》らず、足運びにも不安定さが微塵《みじん》もない。伊達《だて》に天空の接客業を十五年以上もやり続けているわけではない。

浅野貴和子は真介の前まで来ると、ピタリと足を止めた。

やはり、とさらに感心する。両足をほぼ揃えて止めたときでも、体が前後の揺れ《ピッチング》を全く起こさない。

「浅野さんでいらっしゃいますね」立ち上がったまま真介は言った。「さ、どうぞ。こちらの椅子《いす》へおかけください」

はい、とよく通る声で浅野が答え、あっさりと腰を下ろした。その膝《ひざ》から踝《くるぶし》にかけての両脛《りょうすね》がきれいに縦斜め十度ぐらいに揃えられ、まとまっている。

ＣＡに関しての余談を思い出す。ＣＡを退職したあとの転職先として、マナー講師としての引きがけっこうあるという。

「私が、今回の浅野さんの面接を担当させていただきます村上と申します。どうぞよろしくお願い致します」

相手がうなずく。

「こちらこそ、よろしくおねがい致します」

そこで初めて、真介は椅子に腰かけた。

改めて相手の顔を見る。浅野もごく自然な表情でこちらを見返してきている。

なんとなく感じる。たぶん、おれの目を見ているわけではない。眉間《みけん》か、鼻頭か、そのあたりに視線を泳がせている。でなければ初対面の、しかも面接官に見つめられ、こんなに自然な表情を浮かべたままではいられない。

相手の顔を見ないという非礼も犯さず、かといって自分の内面を瞳《ひとみ》から見透かされるような視線の合わせ方もしない。

そしてそれが、長年の職業柄、ごく自然に出来るようになっている。

うん――。

真介は直後に決断した。

ここまでのベテラン相手には、話法としてのブラフは必要ない。ごくざっくばらんに、今回の引き留めの件について話したほうがいい。現在に至るまでの会社の経緯や事情のすべてを、この十五年以上の勤務で、相手は骨身に沁《し》みて先刻承知なのだから。

「さて浅野さん、あなたも既にご存知のとおり、御社は会社更生法の適用により、つい先日、希望退職者を大量に募りました」

はい、と浅野が素直にうなずく。さらに真介は言葉を続ける。

「ところがここで、規定人数に対して、およそ二割増しの希望退職者が殺到したという事態も、ご存知のとおりです」

はい、ともう一度浅野は口を開き、そして少し微笑《ほほえ》んだ。「だから私はこうして今、この席にいるのですよね」

　思わず、苦笑した。

「全くその通りです」真介は言った。「そして私は、あなた方のうちの二割に思い留まっていただくために、ここに来ています」

　一瞬、お互いの間に沈黙があった。さらに一、二秒待った。しかし相手が先に口を開く気配は見受けられない。

　真介は軽く切り込んでみた。

「失礼ですが浅野さん、あなたは、この会社を辞められた後のことを、今はどう考えられていますか？」

「と、言いますと？」

「具体的に何か、既に転職先を想定されていますか？」

「いえ、特には」浅野は簡潔に答えた。「とりあえず辞めてみてから、改めて今後の身の振り方を、じっくりと考えてみようと思っています」

　やはり余裕だ、と感じる。旦那の職業からしても、今すぐ食べるための職探しに焦《あせ》る必要など、どこにもないのだ。

「では、しばらくは家庭に入られてみる、という解釈でよろしいですか」

「まあ、子供たちの中学受験とか、そういうこともじっくりと考えてみたいと思っていた時期でもありましたし」

頭の中で、計算してみる。今年で上の子が十二歳。下の子が十歳。

なるほど、と真介はうなずいた。旦那の両親に半ば育てられている子供たち。で、いここでその子供の話題を出してくるか。

「では、退職のご決意は固い、と？」

「ほぼ、そう決めております」

もう一度うなずきつつも、内心で思う。開口一番のセリフでも感じた。これはなかなか……取り付く島もなさそうだ。当初に考えた三点のメリットなど、切り出す気にもなれない。

真介はやや、背筋を緩めた。

「正直に申します。実はCA部門の場合、退職希望者のほぼ半分が、浅野さん、あなたのように既婚者のベテランCAで占められています。このままそれらの方に辞められてしまうと、御社としては指導・教育係のCAが圧倒的に不足する、という事態に直面します」

はい、と浅野が答える。そしてまた笑みを見せた。「そういう感じじゃないかとは、思っていました」

真介も敢《あ》えて微笑んだ。

「では、さらに正直に申し上げます。御社としては、そういう事態を極力避けたいという方針のようです」

不意に浅野の笑みが引っ込んだ。

「何を、おっしゃりたいのですか？」

「何も」真介は答えた。「ただ、私の立場としては、もしあなたにＡＪＡに対する愛社精神がまだ残っているとしたら、辞意の撤回をほんのわずかだけでも再考していただける余地はないかと、まあ、お願いしている次第です」

「そうですか……」

浅野はやや小首をかしげた。

真介はデスクの上で両手を組んだ。

「で、どうでしょう。多少とも、そのおつもりはおありですか」

ややあって、
さあ……と浅野は口を開いた。「確かに、憧《あこが》れ焦《こ》がれて就いた仕事でした。今の私の人生の基盤も、二十代の頃のＣＡ時代を経なかったら全く違ったものになっていただろう、という自覚もあります」

ほう、と思う。この女、ちゃんと自分が見えている。過去から冷静に今の自分を判断している——。

しかしその言葉を逆手にとって真介が口を開こうとした瞬間、再び相手は話し始めた。

「ただそれは、会社の思惑とはあくまでも関係ないところで進んでいった個人史だとも、思っています」

「そうですか」

「おそらくご存知だとは思いますが、現在、私どもの会社には、四十五歳以上の現役CAは一人も在籍しておりません。以前は五十代のCAも数多く居たのにも拘らず、です。その理由は、お分かりですよね？」

「はい」と、真介はうなずいた。「無論です。五年前に一度、当時四十歳以上のCAは、一斉に人員整理にあったからです。人件費圧縮の一環です。その年代以上の新卒入社時期は、ちょうど日本のバブル期に当たっています。右肩上がりの経済は破綻《はたん》しておらず、AJAもまだまだ景気が良かった。当然その給料は、当時四十歳未満のCAと比べると、格段に高かったからです」

「ですね」浅野はにっこりと微笑んだ。「ですが給料を高くしたのも、そして後々、人件費が高いといって彼女たちを整理したのも、結局は会社と組合の話し合いによる妥協と都合の産物です。さらに言えば、今のこのＡＪＡの体たらくも、です。それを、今さら退職希望者が多いからといって急に引き留めるなどとは、あまりにも節操がなさ過ぎませんか？」

「……」

「たしかに私は、ＡＪＡという社名に関しては今も愛着を感じています。そしてＣＡ――かつてはスチュワーデスと呼ばれていた仕事にも」彼女はさらに言葉を続けた。「でもそれは、断じて今の経営陣と組合を好きだということには繋《つな》がりません」

あぁ、と内心で思う。

ここまではっきりと言い切る彼女。分かる。自分がこの面接で喋《しゃべ》ったことが上層部に筒抜けになっても構わないという覚悟で、喋っている。

これは、到底説得など無理だ。

しばらく考えて、真介は口を開いた。

「なるほど。分かりました」

ここまで自分の所属している組織というものに頑《かたく》なな彼女……たとえ説得するにし

ても、性急なやり方は禁物だ。

「つまり、今までの会社のやり方にはかなり不信感を抱いておられる。とてもついていくことができない、と？」

彼女はうなずいた。

「そうも、言えますね」

分かりました、と真介はもう一度うなずいた。「しかし一方で、御社側としては、やはり人員は確保したい。ですから、全体としてその希望人数に達するまでは、引き続きこうして面接を受けていただくことになります」

「六月末の退職時まで、延々と、ですか？」

いえ、と真介は首を振った。「私ども『日本ヒューマンリアクト』が御社から依頼されたのは、一人につき最大三回までの引き留め面接です。ですから浅野さん、あなたは残り二回、私の面接を受けていただければ、私どもの提案を受けていただくにしろ、そうでないにしろ、その時点で終わりになります。おそらくは御社としても、それ以上の引き留めはしないでしょう」

そうですか、と彼女はやや安心したようにつぶやいた。

「ただし、せっかくこうして面接を受けられているのですから、あと最大二回は、私と会われているときだけでも、多少は残られる可能性についても考えていただければと、そう思っている次第です」

「分かりました」

それからすぐに、彼女は面接室を出て行った。

ふう、と思わずネクタイを緩めた。

CAによって得た今の人生。でもそれは、確かに会社の思惑とは別個のところで動いていく個人史だ。しかし普通、そこまで割り切って考えられるものなのだろうか。

4

週末、陽子は真介と新宿で晩御飯を食べていた。今日はヴェトナム料理。相変らずの南国料理だ。

途中、真介がスーツの内側から携帯を取り出した。

「あ、山下だ」

言いつつ、箸《はし》を置いて携帯の通話ボタンを押す。

「お、おれ」真介は答える。「今？　うん。陽子と晩飯を食っている」

次いで真介がふん、ふん、と相手の話に耳を傾け始めた。

たぶんあれだ、とフォーを食べつつも陽子は思う。この前のクルマの整備の一件だ。

「うん。だからこの前も言ったけど、大丈夫だぜ」真介は言う。「ところでさ、この前おまえが知り合ったＡＪＡのＣＡ、なんて名？」

二秒ほど黙った後、

「え、なんでって？」真介はちらりと陽子を見てきた。「実はさ、おれの会社に姓名判断に詳しい女がいてさ、試しに占ってもらおうぜ。ま、たぶん相性は最悪だろうけどな」

は、はーん、と咄嗟《とっさ》に悟る。

ＡＪＡのＣＡ……この男、また仕事絡《がら》みでロクでもないことを考えている。

「うん。小さい林に成る実、と」

と、言いつつも真介は内ポケットからペンを取り出した。紙ナプキンを取り、陽子の目の前でペン先を走らせていく。小林成実。

「じゃあ、チト早いけど、四月上旬の日曜夕方からなら、一週間は代車無しでもいいぜ」

真介はそう言って電話を切った。

パクチーを真介のフォーの上に載せてあげながらも陽子は聞いた。

「嘘《うそ》でしょ」

「ん？」

「真介の会社に、姓名判断に詳しい女がいるって話」

「当然」と、真介は笑った。

「呆《あき》れた」

「だってさ、いくらおれのところに個人情報ファイルが廻ってくるとはいえ、その女性たちのやっている合コンの回数までは書いてないぜ」

「だからって、そこまでやるわけ？」

「だから違うって。陽子の想像していることとは、たぶん違う」

陽子は多少、憤然とした。

「どう違うって言うのよ」

「少なくともおれの記憶じゃ、おれの被面接者五十人に、この名前はない」

「だから？」

「だからおれ個人の面接情報にはならないし、役にも立たない。でも全体の退職希望者の中には入っている可能性もある。ただ、その可能性もかなり低いとは思っている」

言っている意味が、良く分からなかった。

「どういうこと？」

「この小林成実は、おそらく相当な回数で合コンをこなしている。そしてこの彼女の名前が退職希望者のリストになければ、それはそれで、一つの指標にはなるってこと」

ようやく摑《つか》めた。

「つまり、そんな役得をしばしば得ている女性は、会社がこんな状態でもあまり辞めないだろうっていう予想？」

「たぶん」

陽子は思わず吐息を洩《も》らした。

「なるほどね」

しかし相変らず心は晴れず、憮然《ぶぜん》とした気持ちのままだ。何故だろう。

少し考えて思い至った。

「でもさ、その彼女も、自分の会社がこんな状態になっているときに、よくそんな合コンを何回もやる気になるね」

すると真介は意味深に笑った。

「むしろ、だからじゃない？」

「え？」

「だからさ、会社が不安定になっているこんなときだからこそ、辞めるまでにはいい男をつかまえたいってこと」

はああ、と陽子はその逆説に、妙に納得した。「そんなものかなあ……」

「たぶんね」真介は言う。「多くの女子の憧れ、ＣＡ。でも俺が思うに、ＣＡになったその時点で、ある種、上がりの仕事なんだよ。その後のキャリアプランもあまりしっかりしてないしね。だって陽子だってあまり聞いたことがないだろ、ＣＡの社内的なその後って」

確かに言われれば、その通りだ。

さらに真介はＣＡのその後のシステムを詳しく話し始めた。

ＣＡになってから十年後以降に、まずは八人から十人をまとめるチームコーディネータになる。役職というより、これはＯＪＴ《オンザジョブトレーニング》の意味合いを兼ねた班長のようなものだ。さらにその上は、班長を十ほど束ねる客室部マネージャーという役職があるだけ。つまり、そのマネージャーになれるのは、百人に一人という非常に狭き門だ。

「だから、ほとんどのCAは、そこまでして管理職にならなくてもいいっていう感情が、最初からある。実際、TCにさえ、最近のCAはあまりなりたがらないみたいだしね」

「ふうん」

「これは、CAに限らず接客業の難しいところなんだけど、結局はプラス評価が付けにくい仕事なんじゃないのかな。マイナス査定は、作業ミスとか接客の粗相とかで山ほど付けられるけどさ」

「なるほどね」

「それにお店や旅館だったら、料理が美味《うま》いとか従業員のサービスがいいから、またいこに行こうって話になるけど、結局、乗客はそのCAからのサービスに好印象を持ったからといって、その両者の関係はそのフライトだけで終わる」

「うん」

「で、お客としても、次のフライトで再度そのCAに出くわす可能性は非常に低い。好感を持ったところで、別のフライトのときもまたAJAを使おうかなって思うぐらい……そういう意味もあって、仕事としてのモチベーションを高く保ち続けるのは、かなりきついんじゃないかと、おれは想像している。正直、給料にしてもそんなに高くはない。むしろキャリアの女性に比べれば低いぐらいだ。だから、そんな彼女たちを唯一《ゆいいつ》支えているのは、『私たちはCAなんだ』というプライドなんじゃないかな」

「もういい」

つい陽子は言った。

「なんか、その話、もうあまり聞きたくなくなった」

「なんで？」

しばらく考えて、陽子は言った。

「まずは――今もそうなんだろうけど――特にあたしたち世代の女性は、やっぱりCAって仕事に昔から漠然とした憧れを持っている。これが、前提」

うん、と真介はうなずく。「で？」

「それで、話は全然違うけど、ある南の島に老人がいた」

「は？」

「いいから聞いて」陽子は続けた。「で、その老人はいつも言ってたの。このさらに南にある水平線のはるか向こうには、仕事にも食べ物にも困らずに、みんなが幸せに暮らしている楽園がある。でも結局、老人は死ぬまで楽園には行かなかった。それでいいんだ、と死ぬ間際《まぎわ》に老人は言った」

「……」

つまり、と陽子は言った。「そういうこと」

真介は少し笑った。

「行かない。でも思っている」

「分かる？」

「うん。充分に」

陽子も、少し微笑んだ。

5

翌週の月曜。第二次の面接が始まった。

先週末の時点で、真介の担当分五十名のうち、ほぼ十名がかなり前向きに辞職撤回を考えてみます、と答えてきていた。たぶんその八割は固いから、これで八名は確保予定。

残りは二名だが、まだ五名ほどグラついている被面接者がいる。今までの経験上、それらの三割ほどは取り込める。だから、これで真介の責任人数分はほぼクリアだ。

しかし、と真介は思う。

会社としてはそれでよくても、自分としては多少納得がいっていない。何故なら、在職十五年以上のベテランＣＡを一人も取り込めていないからだ。

そこまでＡＪＡから要求されているわけではないが、今後のＡＪＡの運営を考えた場合にも、やはり、国内線《ドメ》をやり国際線《インター》をこなし、さらにはエコノミー、ビジネス、ファーストの各クラスの接客をまんべんなく経験しているベテランは、ある程度の人数が必要だと個人的に思う。

そして、先週末に陽子が言わんとしていたことも、併せて思い出す。

(憧れは憧れのままだからこそ、いいのだ)ということなのだろう。

ふむ——。

真介は二次面接の三日目が終わったあと、社長の高橋の紹介で、とある出版社に出向いた。そこのバックナンバー室で、夜九時までかかってようやくある資料を見つけ出した。

明けて翌日の木曜。

午後イチに、浅野貴和子の面接が始まった。

この前のように颯爽《さつそう》とした足取りで歩いてきて、真介の前の椅子にふわりと腰を下ろす。膝から下の両足が、ゆっくりと斜めに揃《そろ》っていく。

その相も変らぬ一連の身のこなしを最後まで見終わった後、ようやく真介は口を開いた。

「それで、どうでしょう。あれからほぼ一週間が経《た》ちましたが、やはり、先日からのご決意は揺るぎませんか」

浅野は少し笑い、はい、と答えた。「ここ数年、ずっと考え続けてきたことです。やはり、そう一朝一夕には変わりません」

ですか、と真介も苦笑した。

「まあ長年の勤務で、御社やＣＡという仕事の裏も表も、骨身に沁みていらっしゃるでしょうからね」

「でしょうか」

真介はかすかにうなずいた。

「私の見ている限りでは、むしろ若い方たちのほうが、(もう一回やってみようか)と思い直されている傾向が強いようです。まだまだＣＡという仕事に、やはり魅力を感じられているようです」

浅野もかすかにうなずいた。しかし、それは肯定という意味ではない。真介への単なる相槌《あいづち》に過ぎない。さらに言うならば、

（まあ、そう思う人は、そう思えばいいじゃない？）

というような突き放したニュアンスを感じる。そしてその無関心の背後にあるものは、ヒトはヒト、あたしはあたし、という明確な区分けの論理だろう。

確かにそれは、基本的には間違っていない。

ただ、何事にも例外《グレイ・ゾーン》というものは、ある――。

真介はデスクの引き出しを開け、中から一冊の古い雑誌を取り出した。

「さて、浅野さん、ここに一冊の雑誌があります」

言いつつも、その表紙を浅野のほうに持ち上げて見せた。

だが、浅野はまだ怪訝《けげん》そうな顔をしている。

「もう、お忘れですかね。シリウス出版という会社から出ている、『スカイ・ステージ』という航空情報誌です。通称はＳＳ」言いつつも、さらにその雑誌を浅野のほうに押し出した。「そしてこれは、まだ二十世紀の、一九九六年の五月号です」

果たして浅野の顔色がわずかに変わった。ようやく思い出した。

「ここに、あるＣＡ……いえ、当時はまだスチュワーデスという呼び名だったでしょ

うか、ともかくも入社三年目で元気よく働いている客室乗務員の成功談が、特集で載っていました」

言いつつも、相手に時間を与えないために付箋《ふせん》を付けたページを素早く捲り、ちょっと読んでみますね、と伝えた。

「『こんにちは、私は入社三年目になるAJAの客室乗務員です。皆さんの励みになれば、と思い、こうして書いています。私がいわゆるスチュワーデスになりたかった理由は、たぶん皆さんも感じられている動機と、ほぼ同じじゃないかと思っています。私は、決まりきった勤め人の生き方などしたくなかった。OLになって、毎日同じ会社に出勤し、九時から五時まで一日中オフィスの中に居て雑用に追われる。そんな日常は自分には無理じゃないかと思っていました。もっと言えば、色んな遠い土地や国に行ったり、新しい世界を見たりして、刺激に満ちた人生を送りたかった。

でも、やっぱり新卒のときはうまく行きませんでした。第一志望だった航空会社の試験にはすべて落ち、第二志望だった旅行会社からも内定はもらえませんでした。しかたなく私は、とある商社の一般職として就職しました。

でも、どうしてもスチュワーデスになりたいという夢を捨てきれませんでした。別に正社員じゃなくてもいい。契約社員でもいいから、世界を飛び回る仕事をしてみたかった。それで、この本に中途採用の情報が出るたびに応募して、ようやく二年後の二十四歳のときに、契約社員としてＡＪＡに採用になりました。入社後の研修はたしかに厳しく、体力的にもきついことはありましたが、それでも心底就きたくて就いた仕事です。付いて行けるように懸命に頑張りました。

ちなみに私は、今年の春に国際線の乗務員になるとともに、正社員に昇格しました。今私だけではなく、中途採用の同期たちも、そのほとんどが正社員になりました。今のＡＪＡでも、ちゃんと頑張ってさえいれば、会社は正当に評価をしてくれます。

そう、目指す者に対しては、道はいつだって開かれているのです。

だからこの雑誌を読んでいる皆さんも、新卒採用時に落ちたからといって弱気にならず、希望をもって採用試験を受け続けてください。

頑張れば、報われる。それがこの日本でもあり、世の中でもあります。その努力の分だけ、次の明るい世界が開けています。ではいつか、皆さんと同じチームで空を飛べることを願って。ＡＪＡ客室乗務員、93年の四期採用。浅野貴和子』……以上です」

読み終わり、改めて浅野の顔を見上げた。

依然、こわばった表情を浮かべている。

多少、刺激が強すぎたかな。そう思いつつも、真介はさらに口を開いた。

「ちなみにこの記事は、この時の特集の巻頭で、他の事例より明らかに大きく扱われています。おそらくは出版社側の人間も、この体験談が最も読者を勇気づけるものだと判断したからでしょう。充実した時間を過ごしている精神の張りというものが、行間からもはっきりと伝わってきます。その一言一句が、これからの希望に溢《あふ》れ、輝いている」

改めて言い終わり、真介は浅野をじっと見た。

ややあって、浅野は口を開いた。

「……確かに、そう思っていた時期もありました」

「ですか？」

浅野はかすかにうなずいた。

「あの頃はそこに書かれている通り、毎日が楽しくて仕方がなかった時期でした。妙な自信もありました。だから、『頑張れば、報われる。それがこの日本でもあり、世の中でもあります』なんていう能天気な文章が、当時は何の疑問も感じずに書けたのだと思います」

「より正確に言えば、『頑張れば、頑張ったぶんだけ、報われる可能性が高い』ということですよね」真介も一応同意した。「もっとも今は、その正確な解釈が問題なわけではないですが」

不意に浅野がため息をついた。

「村上さんは、この私の以前書いた文章に関し、何をおっしゃりたいのでしょう」

「発した言葉に対する、あなたの責任です」真介は静かに言った。「この体験談によって、半ば諦《あきら》めかけていても再び勇気づけられ、その後も採用試験を受け続け、念願かなって客室乗務員になった人間も数多くいたかと思います。当然、彼女たちはＡＪＡにも入社してきている。そんな彼女たちに対する、あなたの責任です。もし現在、そんな彼女たちを取りまとめるＴＣが不足して困った事態になるのだとしたら、『あたしはあたし、他人は他人』と簡単に割り切れますか」

強引な論理だとは、自分でも承知している。だが、言われた当人にとっては、別問題だ。

ヒトは絶えず、周囲に及ぼす自分の影響力を過大に捉《とら》える。

果たして浅野は、明らかに困惑の様子を見せた。

「では、今の会社に残ることが、私の義務だ、と？」

「それは、あなたが判断することです」真介は答えた。「責任と、それに伴う義務は、人それぞれの規準によって違いますから」

「でも、私以外にも同じような立場で体験談が載った人間は、他の号でも数多くいたはずですよね」

「そうです」真介はうなずいた。「ですが、あなただって載っていた。そしてこれは、その他大勢の話ではなく、あなた自身の問題です」

しばらくお互いに黙っていた。

浅野は明らかに心が乱れている。頃合だ、と思う。

「今日は、ここまでにしましょう」

真介は言いながら、一枚のクリアファイルを浅野に差し出した。

「今のページのカラーコピーです。リッチモードでインクを載せてあります。記念に差し上げます」

「はい？」

その問いかけに、真介は少し笑った。

「辞められたら、記念になりますよね？」

そう言うと、浅野は渋々、といった様子で、クリアファイルを受け取った。

「では、また来週にお会いいたしましょう」

「はい」

そうかすかな声で答え、浅野は立ち上がった。踵《きびす》を返し、扉まで進んでいく。しかし、ドアノブに手をかけたその指先が、途中で止まった。

そういえば、と浅野は真介を振りかえった。「もう、そろそろ二次面接も終盤ですよね？」

はい、と真介はうなずいた。

「もし可能なら、お伺いしたいのですが——」浅野は聞いてきた。「現時点で、どれくらいの客室乗務員が辞意を撤回する予想ですか？」

「退職希望者の、約二割です」真介は正直に答えた。「ほぼ、ＡＪＡの希望水準までに達してきました」

そうですか、と小さく頭を下げ、さらにドアノブを廻しかけた浅野の背中に、真介は呼びかけた。

「ですが、そのほとんどは三十歳前後までのＣＡで、ベテラン勢は皆無という状況です」

だが、浅野は何も言わず、もう一度頭を下げただけだった。そして部屋を出て行った。

6

今日、子供たちは泊りがけで夫の実家に行っている。義父《ちち》の誕生日パーティがあるからだ。朝に着替えをバッグに詰めてやると、嬉々《きき》として出かけていった。学校が終わると目黒にある夫の実家に直行する。娘も息子も、この家以上に夫の実家に馴染《なじ》んでいる。ありがたいことだ。

「ママも、あとで来る？」

そう言われたが、断った。今日は仕事で帰りが遅くなるから、と。

嘘だ。現にこうして夕方には帰ってきている。夫の両親は好きだし、こうして日々子供の面倒を見てくれていることに感謝もしている。でも、やはり今日は行く気にはなれなかった。

そしてそれは当たりだったと思う。二次面接が終わった今、身内で誕生日パーティを屈託なく楽しめる気持ちでは、到底ない。

ふう、と薄暗いダイニングでため息をついて時計を見る。

午後七時。

パパ——夫の帰りまでには、まだ充分時間がある。おそらくは今頃、何処《どこ》かの店で仕事相手と打ち合わせをしながら夕飯を食べている。まだ連絡はないが、いつもどおりなら十一時ごろにはタクシーで帰ってくるだろう。

貴和子はダイニングに座ったまま、右手にはクリアファイル——あの村上とかいう若い面接官がくれた自分の記事を持っている。ページの約半分を占めるその記事の右上に、十五年前の自分がにこやかに笑っている。将来に対して何の不安も感じていない、満ち足りた、はち切れんばかりの笑みだ。

むろん現在も、経済的な意味や家庭的な意味では、ほとんど不安はない。夫の会社はこの不景気でも相変らず順調に業績を伸ばしているようだし、事実、夫の年収は貴和子の軽く五倍はある。そういう意味でも、辞めて特に不都合はない。

それどころか、今回の件を夫に相談したときには、

「むしろ、いい機会じゃないのか。そろそろ上の子も中学受験の年齢になってくるし、小学校受験のときは、結局おまえもおれも仕事が入って、二人とも面接には行けなかったじゃないか」

確かにそのとおりだ。それが原因で落とされたとは限らないが、その影響もあるだ

ろう。収入はいいが、共働きで教育に不熱心な家庭、という印象を小学校側に植えつけた可能性はある。もうこれ以上、フライトスケジュールの都合だからといって、子供の将来を犠牲にすることは出来ない。

そういえば、と思い出す。去年のクリスマスも、一昨年の年末年始も、フライトスケジュールが埋まっていたため、結局は夫に、子供を連れて目黒に行ってもらったのだ。

それでも義父と義母は、自分の仕事について一度もとやかく言ったことがない。本当に頭が下がる。そして不満を口にしない子供たちにも……。

また、夫はこうも付け足した。

「おれの両親も、もう七十を過ぎた。孫の面倒を週半分見るには、そろそろ体力的にもきつくなってきてるだろうしな。おまえが家に入ってくれれば、おれも嬉《うれ》しい」

まったく夫の言うとおりだと思う。

給料も大幅に下がることだし、今なら割増退職金も出る。だから、今回の辞職を決断した。

でも、と思う。また、思わず軽いため息を吐《つ》いた。

このままおとなしく家庭に入るのは、やはり気が進まないと思っている自分がどこかにいる。

実は貴和子は——自分でも内心で罰当たりなことだとは充分に自覚しているし、夫にも夫の両親にもおくびにも出したことはないが——子供たちと長時間居るのが、どうにも苦手だった。

とにかくどちらの子も三歳から六歳ぐらいまでは、本当に面倒を見るのが大変でウンザリした。今でも時おり、そう感じてしまう傾向がある。

やっぱり、相手が子供だからだ、と思う。理をわきまえた大人とは違う。

確かにお腹《なか》を痛めたわが子は可愛《かわい》い。それは本当だ。目に入れても痛くないぐらいだ。でもそれと同時に、子供とは、社会性のない『小さな野獣』だとも常に感じる。

育児ノイローゼという言葉もある。

愛していることと、ウンザリすることは、全くの別問題だ。少なくとも貴和子の価値観ではそうだ。

先日、久しぶりに大学時代の友達に会ったとき、そんな話をふと洩らした。

ふーん、と今も独身で外資系企業に勤めているその友人は、頬杖《ほおづえ》を突いたまま貴和子の話に聞き入っていたが、やがてこうばっさりと切り捨てた。

「でもさ、結局あたしみたいな独身子無しからしてみれば、あんたの悩みなんて本当に贅沢《ぜいたく》だなって、そう思うよね」

　この意見には、つい言葉を失った。

「貴和子、あんたさ、まだ今の話を聞いているのがあたしだったから良かったけど、もしそんな話を同窓会の独身女性の前でもしてごらん。あんた、一発でハブだよ」

　ハブ――つまり除《の》け者という意味だ。

　結局さ、とその友人はさらに言った。「あんたはいわゆる『勝ち組』なのよ。でもさ、そんな人間に限って、自分が恵まれているっていう自覚がないわけ」

「……そういうものかなあ？」

　途端、友人は大げさに顔をしかめて見せた。

「だからさ、そういう人生に対する無自覚なところが、もう決定的に『勝ち組』なわけ。結婚だって自分から望んでしたわけだし、子供だって望んで作ったわけでしょ。っていうか、そうなれる立場を選んで、その通りにしてきているわけでしょ。あたしなんか、この前（自分はそれでも幸せだな〜）って思ったのなんて、ラーメン屋でだよ」

「え？」

「だから、ラーメン屋」友人はそっけなく答えた。「いつもさ、仕事終わりにクタクタになって家に戻る途中に、新しいラーメン屋が出来てたの。つい匂《にお》いに誘われてフラフラと入ってみたら、これがもう、ムチャクチャに美味《おい》しくてさ。そこで、あたしはまだまだ幸せだなって思ったわけ。言っている意味、分かる？」

一瞬迷った。でもやっぱり正直に答えた。

「ごめん。分からない」

「つまり、あたしの毎日には、一人で噛《か》みしめられるほどのささやかな幸せしかないってこと」彼女は言った。「それでも、そこに幸せを見出《みいだ》しているってことよ」

「……」

「だからさ、悪いけど貴和子の悩み、あたしには到底相談に乗れない」

不意に泣き出しそうな気持ちに襲われた。

確かにそうかもしれない。

けど、だからと言ってあたしの悩みがなくなるわけじゃない。

……二〇〇〇年以降、ＡＪＡの業績はそれまで以上に急激に悪化していった。そして上層部は、人件費圧縮のため、正社員ではなく、永久契約社員を採用することに力を入れ始めた。そしてその五年後、貴和子より先輩のＣＡたちは会社の人員削減により一斉に消えていった。

だからと言って貴和子はその先輩たちが居なくなったことで、非常に寂しい思いをした、ということはない。

実はCAの世界は、けっこうな体育会系だ。先輩後輩という上下関係が異常に厳しい。例えば貴和子は入社十五年以上経ち、TCに昇格しても、この世界では依然『93四期』の浅野という認識のされ方だ。

入社一年目の間は、機材に乗り込むときも、新人はキャリーバッグを引き摺《ず》って歩いてはならないと言われた。「あなたたちはまだ、半人前なのだから」と。つまりは五キロはある手荷物を抱えて運べというわけだ。それ以前の訓練フライト中ではもっとひどく、キャリーからバッグを外して運べと言われた。

この苦行に、一体何の意味があるのだろうといつも思っていた。その必要があるから、重い荷物を簡単に運べる機能があるから、キャリーバッグという物が出来たのだ。それを抱えて歩けとは、いくらなんでもムチャクチャな新人しごきだった。

ただ単に相性が悪い、というだけで先輩たちから謂《いわ》れのない嫌味を言われたこともある。

その頃から貴和子の同期内では、密《ひそ》かに内輪だけの情報が飛び交うようになった。

「85の田島TCって、性格チョー最悪。来期以降同じグループになった人は、要注意」

「89の麻川、この前シスコで機長と一緒にレストランにいた。あんなだらしなさで、よくあたしたちに説教できるよね」

例えば、そんな感じだ。

一年ごとに新しいグループに再編成される客室乗務員の中でのきつい人間関係。だが、そんなこともあり、同期の間では助け合いの精神が発達し、結束はかえって固くなっていった。

思い出す。まだ二十代の頃。93四期の同期十人と共に、三日遅れの初詣《はつもうで》に出かけたことがある。場所は神奈川の鶴岡八幡宮《つるがおかはちまんぐう》だ。本殿前で賽銭《さいせん》を奮発して拍手《かしわで》を打ったあと、みな懸命に祈りを捧《ささ》げていた。

その後のあんみつ屋で、何を祈ったかという話になった。

一人残らず『どうか、今年はいいTCと先輩のいるグループに恵まれますように』と一心不乱に祈っていた。

一同、爆笑した。

ダイニングに座ったまま、少し貴和子は微笑《ほほえ》む。

なんだかんだ言って、あの頃が一番楽しかった。今となってみれば、本当に小さな悩みで一喜一憂していた。ちょうど、この雑誌に載った頃だ——。

さらに貴和子の意識は、取りとめもなく過去の世界をさまよう。

恋愛でも予想外な現実があった。

航空会社内でのトップブランド、パイロット。ベテランになれば年収三、四千万は固いというのが、社内的な常識だった。だから入社当時の新人CAはみんな、パイロット職の男性に対して異様な関心を寄せていた。

だが、実際にフライトで飛ぶようになったパイロットたちには、すでにその八割に結婚を約束した女性がいた。

内実を聞けば無理もない、と思う。

彼らは大学卒業後に、四年半にわたる長く過酷なパイロット養成訓練を受け、その資質がないと分かれば、途中でも容赦なく地上勤務に廻された。しかもその間は、女気なしの訓練センターに寮住まいというほぼ隔離状態だ。

そんな四年半を過ごしてきたパイロットの卵たちに、合格した途端にいきなり飛び込んだ現場の世界がどういうふうに見えたかは、想像に難くない。

まず機材に乗る前に、彼らに与えられる最初の仕事は一年間にわたるジョブ・ローテーションだ。整備部門から地上勤務部門など、ＡＪＡの業務全体を一通り経験させられる。そしてそこで、CAに負けず劣らず見目麗《みめうるわ》しきグランドホステスと知り合う。免疫のないパイロットの卵たちはたちまち恋に落ち、機材に乗り込む身分になるころは、ほぼ八割がステディの彼女持ちになっている。つまりその時点で、完全にCAたちの負けだ。

たぶん、CAが男女関係の充実をさかんに外部の世界に求めるのには、そんな要素もあると思う。事実、自分もそうやって結婚した。

披露宴での同期CAたちのお決まりの余興……。

アテンションプリーズ。みなさま、本日は幸せ行きのフライトにご搭乗いただきまして、まことにありがとうございます。ご主人様、どうぞ財布のヒモをお締めくださいませ――。

くだらない。でもやっぱり笑ってしまう。

CAの世界では、出世願望という意欲が驚くほど薄い。CAとしての明確なキャリアプランがないからだ。それに出世したところで、その役職手当など雀の涙だ。逆に、そんな状況の中でも必死に管理職を目指す女性などは、当然周囲から奇異な眼で見られていた。

だが、と思う。そんな状況下でも、みんな仕事を楽しくやっていこうと、日々頑張っていたのだ。

体育会系ではあるが、いい意味での横並び意識。

この世界でずっとやっていく気持ちさえあれば、それはそれなりにみんなでうまくやっていけるよね――。

そんな無言の連帯感が、五年前までは確かにあった。

さらに言えば、終身雇用という暗黙の了解の上に成り立った連帯感であったことを、特に業績悪化が著しいこの数年で、つくづく思い知らされる結果となった。

貴和子にも苦手な先輩やTCは大勢いた。でも、そんな好悪《こうお》の感情は、彼女たちが業績の低迷を受けて一斉に首を切られていったときに感じた気持ちとは、また別の問題だ。

どんなことがあっても磐石《ばんじゃく》だと思っていた自分たちの基盤。会社。世界……。

もちろん、AJAも民間企業である以上、そうなる可能性はゼロではないということは、理屈としては分かっていた。しかし現実問題として真剣に考えてみたことなど、一度もなかった。だから五年前、あたしを含め、みんなが急に元気をなくした。それまであった社内の活気も、急に萎《しお》れた菜っ葉のようにくたっとしてしまった。

そして今、つくづく思う。

個人のプライドというのは、仕事における誇りというものは、意識的にも実質的にも、その基盤が磐石であってこそ強固に持ち続けられるものだ。

(あんたの悩みなんて本当に贅沢だなって、そう思うよね)

あの友人の言葉。

少し笑う。確かにそのとおりなのだろう。

外資系企業で為替ディーラーをやっている彼女。個人の業績が振るわなくなれば、それまでどんなにいい成績を残してきたとしても関係ない。即クビだ。さらには、個人でいくら頑張っていたところで、会社全体の業績が悪ければ、これまたすぐに大量レイオフの危機に晒《さら》される。

会社は誰も救ってはくれない。人生の保障を与えてはくれない。会社は、自分の存在のためにあるわけじゃない――。

そのリスクを充分に分かった上で、それでも勤め続けている。馬車馬のように働いている。そのシビアさに比べれば、私の悩みなど、女子大生レベルもいいところなのだろう。

でも、と思う。

この人生は、そんな友人のものでもなければ、どこかの一企業の課長のものでもない。

　再び一人で笑った。

　そう。これは私の問題なのだ。だから、私なりの規準で判断すればいい。

7

　面接が始まってから三週目。

　すでに先週の二次面接終了の時点で、九名がはっきりと辞意を撤回していた。

　そして今日。

　午後イチの三次面接で、もう一人が首を縦に振った。四十一歳の、職階はＴＣだ。彼女は独身だった。正確にはバツ一だ。今後の生活の不安もあり、当面はＡＪＡに残ることを決めたという。

　これで五分の一。その時点で、真介の個人目標は達せられた。

　真介はややネクタイを緩め、時計を見る。

　午後三時五十一分。かすかに吐息を洩らす。それからコーヒーを少し飲んだ。

今日はこれで最後の面接だ。ふと気になり、隣の川田美代子に声をかける。

「ラストって、確かあの人だよね？」

にこりとして、川田はうなずく。

「はい、浅野シンデレラさん」

うっ。

危うくコーヒーを噴き出しそうになった。

川田の目線からすれば、ＡＪＡのＣＡで、しかも旦那《だんな》はＩＴ企業の常務。子供は二人。しかも現住所は恵比寿。確かに申し分ない。現代のシンデレラだ。

真介のそんな様子を見て、川田がゆっくりと苦笑した。

「なんでそんなにウケるんですかあ？」

まあ、と真介も曖昧《あいまい》に返す。「確かに、そういう見方もあるんだろうね」

言いつつも、素早く気をとりなおす。

三時五十七分。コーヒーカップをデスクの下のゴミ箱に捨て、ネクタイを締め直した。

例によって四時二秒過ぎに、正面の扉からノックの音がはじけた。

「はい。どうぞお入りください」

ドアノブが廻り、浅野貴和子が入ってきた。真介に向かって軽く一礼すると、足取りも軽く、こちらに向かって進んでくる。その肩口、颯爽としている。

その一連の雰囲気で分かった。彼女は、この一週間でどちらかにはっきりと決めた。先週に問いかけたあの質問。真介を見てくるその明るい瞳《ひとみ》。たぶんうまく誘導できたはず。

だからもう、ウダウダとした前置きは要らない。

「で、どうでしょう。最終的な決断は、つきましたか？」

浅野が目の前の椅子《いす》に座るなり、真介は聞いた。

はい、と浅野が答えた。「決まりました」

真介もうなずく。

「どちらにでしょう？」

「辞めるほうに」間髪を容《い》れず彼女は答えた。「じっくりと考えて、そう決めました」

えっ、と一瞬耳を疑った。すっきりとした顔つきだったので、つい残ることを選択したのだと思っていた。

が、すぐに思い直す。

まあ、あのワンポイントの理屈だけで辞意を撤回させようと思ったのは、さすがに無理があったか……直後には割り切っていた。

そうですか、と真介はうなずいた。相手からここまではっきりと宣言されれば、自分としてはもう何も言うことはない。

「分かりました。では今後は、新しい人生をお進みになられるのですね」

そんな大げさなものじゃないですけど、と彼女は前置きした上で、「当面は、子供の世話をしながら、今後も主婦で行くのか、それともまた新しい仕事に就くのかをゆっくりと考えてみたいと思います」

「なるほど」

真介がもう一度うなずくと、不意に浅野が微笑んだ。

「このご時世に、贅沢だ、とお思いですか？」

「いえ」真介は真面目《まじめ》に答えた。「今の生活は、あなた自身が築き上げてきたものです。チョイスしてきたものです。それを享受《きょうじゅ》するのは、贅沢ではないでしょう」

一瞬考え、こうも付け足した。

「そしてそれは、世間の一般論とは、おのずと別の話です」

すると、浅野は今度こそにっこりと微笑んだ。

「ありがとうございます」

真介も立ち上がりながら、軽く一礼した。

「こちらこそ。何度もご足労いただきまして、ありがとうございました」

浅野は軽くうなずくと、席を立った。踵を返し、そのままドアのほうへ進んでいき、来たときと同じように軽く頭を下げると、するりと部屋を出て行った。

カチッ、とドアの閉まる音がかすかに響いた。

そのあとには例によって、だだっ広い面接室の中に真介と川田が残された。

ややあって、

「勝ち逃げの人生」唐突に川田がつぶやき、明るく笑った。「アリかも」

今度こそ真介は噴き出した。勝ち逃げの人生……確かにそうだ。

ふと思い、真介は川田美代子を見た。

「そういえば美代ちゃんて、CAになろうと思ったこと、ないの？」

え〜、と川田はまた馬鹿《ばか》っぽく語尾を引っ張った。「だって、なるのって相当大変なんですよね。っていうか私、そこまでしてなりたいとは思いませんもん」

真介は笑った。

いいなー、この上昇志向の希薄さ。

改めて思う。

そういえば、山下から聞いたCAの名前……小林成実。今回の希望退職者リストには載っていなかった。たぶん彼女は、今の立場にあるうちに、いい男を摑《つか》まえるのだろう。

ま、人それぞれ、生き方もそれぞれだ。何が正しくて、何が正しくないということはない。それで人生、意外と回っていく。

8

面接室を出たあと、貴和子は廊下を歩いている。長い廊下のはるか先に、窓がある。エレベーターはその脇《わき》だ。窓からの明るい光で、扉の表面が白く光っている。

歩きつつも、思う。

結局CAは、ヒトから羨《うらや》ましがられて、嫉妬《しっと》されてナンボだ。少なくともあたしの価値観では、そうだ。

そして最後は、結果的にせよ、惜しまれて辞める。最高の幕引きだ。

だから、あたしはこれでいい。勝ち逃げといわれてもいい。後悔もしてないし、反省もしない。あとのことは、あとの世代が心配すればいいこと。あたしには何の関係もない。企業の論理が引き起こした問題。そうさせた会社が配慮すればいい。

何の問題もない《ノー・プロブレム》――。

さて、今日は小学校まで子供たちを迎えに行こう。

File 2. ノー・エクスキューズ

1

最近オフィスの廊下で、つい立ち止まってしまう。

いや。正確に言うと、そうらしいのだ。自覚はなかった。

知ったのは、川田美代子《かわだみよこ》に声をかけられてからだ。

真介《しんすけ》さーん、とそのときも川田は七月の溶けかかったバターのような声で話しかけてきたものだ。

「最近、よくそんなふうにぼうっと立ち止まっていますね」

え？　と真介が振り向くと、書類を小脇《こわき》に抱え込んでいる川田は、いつものようにやんわりと微笑《ほほえ》んだ。

「立ち止まって外を見て。何か、変わったものでも見えるんですかぁ」

そう言われ、改めて窓から見える西新宿の高層ビル群と、その下に広がる街並みを見下ろす。この会社に入ってから八年。真介にとっては何の変哲もない、いつもの見慣れた風景が広がっているだけだ。

「いや……特にはないけど」

口ごもってそう答えると、そうですか、とにっこりと川田はうなずき、真介の脇をミドリ亀《がめ》のようなゆっくりとした歩調で通り過ぎていく。

何となく気になり、慌《あわ》ててその川田の背中を追う。

ねえ美代ちゃんさ、と真介は彼女に並びかけながら口を開いた。「最近おれ、そんなに窓の外を見ている？」

ん？　というように川田がこちらのほうを向く。

真介は川田の歩調に合わせ、ゆっくりと足を進めながらもさらに口を開いた。

「だからさ、そんなにぼうっとしていること、多い？」

えーっ、と川田は不意にその足を止めた。束《つか》の間《ま》、真介の顔をまじまじと見てくる。何の後ろめたいこともないのに、なんとなくぎくりとする。

「なに？」

自分から話しかけておきながら、ついそんな口調になった。こういうとき、真介はたまに自分が嫌になる。もういい大人だというのに相変わらず腰が軽く、咄嗟《とっさ》の反応も軽率極まりない……少なくとも真介が子供のときに思い描いていた大人というものは、もっとどっしりと構えて、何事にも余裕ある態度を取れている人間だったような気がする。

ともかくも川田は束の間真介の顔を覗《のぞ》き込むように見ると、少し笑った。

「うん。なんか、悩める文学青年って感じ」

おいおい。自分から聞き出しておいて、これには真介も苦笑するしかなかった。三十も半ばになって、悩める文学青年もないもんだ。

「そっか」

仕方なくそう返事すると、はい、と川田が元気よくうなずく。「なんか、哀愁をそそりますよ」

もう一度苦笑する。初夏ももうすぐなのに、今度は哀愁ときたか。

「お、誰が哀愁をそそるって」

振り返ると、社長の高橋がニヤニヤしながら廊下の向こう側から近づいてきていた。

真介と川田の前までやってくると足を止め、さらに笑った。

「言っとくけどな、社外に女がいるやつの社内恋愛は、ご法度《はっと》だぞ」

あっ、と思う。まだ社内ではこの社長以外誰も知らない秘密。

果たして川田がちょっと驚いたような顔をして真介を見る。

えーっ、と小さく声を上げ、しかし次の瞬間には微笑んだ。「そっかあ、やっぱり村上さん、いたんですね」

「まあ……」

そう曖昧《あいまい》に答えると、さらに川田は相好を崩す。

「じゃあ今度、ヒマなときに、ちょっと情報」

そして二、三回コケシのように首を左右に揺らすと、真介にはひらひらと片手を振りながら、社長には、では〜、と一礼してゆっくりと去っていった。

高橋が改めて真介に向き直る。

「ところで村上、今度のクライアントの担当分け、もう出来ているか」

はい、と真介は即答した。「出来てます」

「今すぐに答えられるか」

「答えられます」

高橋はうなずいた。

「じゃあ、おれの部屋で聞こう」

言い残すと、そのまま廊下の奥の社長室に向かって歩き始めた。真介もその後を追う。

この四月、真介は面接二課の課長に昇格した。つまりはリストラ面接官ばかりの部署の、二つある課のうちのひとつの長ということだ。部下は五人。で、高橋は数日前、次回のクライアントの面接部署ごとの担当分けを真介に指示していた。

社長室に入り、その部下ごとの担当分けを、その理由から説明していった。

説明しながらも、週末に陽子《ようこ》と会ったときの会話を思い出していた。

インド料理屋で食事をしている途中、何かの拍子で自分が課長になったことを告げた。

え、と陽子が怪訝《けげん》そうな顔をした。「そんな話、初めて聞いたよ。いつの話？」

「四月の一日《いっぴ》」真介は答えた。「だからもう、一ヶ月近く前のことか」

陽子は苦笑した。

「他人事《ひとごと》みたいに言うね」

つい真介も笑った。

「だってさ、今おれも口にするまで、すっかり忘れてたもん」

「なんで？」さらに陽子は聞いてきた。「なんだかんだ言っても、サラリーマンにとって出世って、大事なことでしょ」

ま、そう言われればそういう気もする。

「だけどさ、なんかこう、実感ないんだよね」

実際にそうだった。

真介がこの会社に勤めて八年――世の中のニーズに応じて『日本ヒューマンリアクト㈱』も次第にその業績が拡大してゆき、今まで単なる面接課だった部署の所帯も大きくなり、新たに面接部として一課と二課に分かれた。その人員の増えたぶんだけ管理する側の人間が必要になり、たまたま自分にその役どころが回ってきた。

言ってみれば今度の人事は、そういうものだと理解していた。

それら自分の思うところを伝えたうえで、

「それにさ、いちおう管理職とはいっても相変わらず現場で面接官はするわけだし、主任のときから後輩の面倒はある程度見てたから、その管理業務が多少増えたぐらいで、内実はそんなに変わんないよ」

「あとは、給料が多少上がったぐらい？」

うん、と真介はうなずいた。「そのぶん、面接のときは厄介な部署を持たされるから、まあ、状況としてはトントンかな？」

やれやれ、と陽子はいかにも仕方がないというように笑った。

「なんか、淡々としてるなあ」

仕方なく真介も苦笑する。

「だってさ、別に気負うってほどの話でもないじゃん」

すると陽子は半ばからかうようにこう言った。

「ひょっとして、たかが極細零細《ごくぼそ》企業の課長程度になったところで、な〜んて考えてる？」

極細零細企業……真介がよく自分の会社を言うときに、多少の愛情をこめて山下や陽子に使う言葉だ。

少し考え、

「いや——」と真介は答えた。「たぶんおれが大企業に勤めていたとしても、その意識は変わらないと思うよ」

「なんで？」

「だってさ、GMもリーマンも、日本のフラッグシップ・キャリアも、いとも簡単にボンボン潰《つぶ》れる時代だぜ」真介は言った。「超優良企業だった東電だって、あの体たらくだし。日本国中に大迷惑を垂れ流して、今じゃ株も紙屑《かみくず》同然」

途端、陽子は弾《はじ》けたように笑い出した。

「そりゃそうだ」

真介もうなずいた。

「だからさ」

ん？　という顔を陽子はした。

「自分が所属する企業に、ブランドや優越意識を感じる時代は終わったってこと？」

「時代のせいじゃない。元々そんなもの感じていることに、なんの実質もなかったってことかなあ」真介は思いつくままに答えた。「ようはさ、どんな企業に勤めてどんな役職になっているかっていうことより、そこでやっている仕事の、自分にとっての意味のほうが大事なんじゃないかなって」

言いながらも、あれ？　と感じる。

おれ最近、こんなこと考えてるわけ？

陽子はまた笑った。

「伊達《だて》に八年、人生の修羅場を見てきてないね。さーすがリストラ請負人」

真介はつい顔をしかめた。

「その一言は、余計だろ」

そんなやりとりを思い出しつつも、真介は高橋に対して一通りの説明を終えた。高橋は真介の担当分けとそれに付随する理由に満足したようだ。大きくうなずき、いいだろう、と声を発した。

ありがとうございます、と軽く頭を下げる。

午後の太陽が窓の外のビル群に反射している。高橋は何故《なぜ》かそんな窓の外を一瞬見て、真介に視線を戻してきた。

「ところで最近おまえ、何か気にかかっていることでもあるのか」

「はい？」

だから、と高橋は繰り返した。「最近、悩みでもあるのか」

やや言葉に詰まる。

「どうしてですか？」

挙句、そう逆に質問した。

すると高橋は少し首をかしげ、ちょっと微笑んだ。

「川田じゃないが、おれも見かけたことがある」

「え？」

「廊下で、ぼうっと外を見ているお前をだ」高橋は依然笑みを浮かべたまま言った。「この四月から、二、三回かな。偶然にしちゃあ、多いほうだと思う」

直後に悟った。この高橋が自分を社長室にまで誘った理由……考えてみれば、単に仕事上の報告でわざわざ社長室に誘うはずもない。

……一瞬迷ったあと、結局は言うことに決めた。

悩みってほどのものはないんですけど、と前置きした上で、「最近、その具体的な悩みにもならないことで、ぼうっと取りとめもなく考えてるって感じですかね」

「プライベートか」

「ではないです」

「じゃあ、今の仕事に疑問を感じている、と？」

思わず苦笑する。

「まあ、社長の前で言うのもなんですけど、それは最初からあります」そう、率直に答えた。「かと言って、今のところ辞めようとまでは思わないですけど」

ふむ、と高橋も目じりに皺《しわ》を寄せた。窓の外からの反射がちょうど顔半分を照らしている。笑っている。

「なんかおまえ、偉そうだなあ」言いつつも、足をゆっくりと組み直した。「ふつう、そんなこと社長に言ったら即、左遷《させん》か降格だぞ」

「すいません」

まあいい、と高橋は言った。それからしばらく無言だったが、また口を開いた。

「真介、おまえ、いわゆる団塊の世代、あるいはそれよりちょい下を担当したことは？」

少し記憶を探る。

いえ、と真介は答えた。「ないですね。その世代は、時代的にほとんど引っかかってこなかったような気がします」言ってみて、もう一度そうだと確信する。真介がこの仕事に就いたのは、西暦二〇〇四年だ。だからその世代は、当時すでに定年か定年間近になっていた。真介たち面接官の誘導を受けるまでもなく、会社に割り増し退職金を提示されれば、ほぼ百パーセントの確率で合意していたのだろう。

だろうな、と高橋はうなずく。「出る幕は、ほとんどなかったはずだ」

「ですね」

真介も相槌《あいづち》を打つと、高橋はまたうなずいた。

「ところで今日の夜、時間は空いているか？」

「空いてます」

「何時ごろ、上がれる？」

「今日はあと、ルーティンの事務作業だけですから、五時半ごろには」

高橋はうなずいた。

「じゃあ今日の夜、ちょっとおれに付き合え。東口のスターバックス前で六時に待ち合わせはどうだ？」

「大丈夫です」

そのときは、単なる差しの飲み会だと思っていた。たぶん、この高橋が社長の立場として、今の自分のいろんな思いや考えを聞くのだろう、と。

2

六時五分前にスターバックスの前に着くと、ちょうど高橋が混んでいる店から出てきたところだった。

高橋は、いつも出勤時には手ぶらで会社にやってくる。そして帰宅時も手ぶらで会社を出る。自宅から電車で通っている。営業や同行でどこかに行くときも滅多にタクシーは使わず、ほとんどが電車だ。

そういえば、この会社に社用車などというものはない。以前に聞いたとき、必要ない、と高橋は言った。

「不経済だろ。そんなもの」

真介は、そんな高橋のスタイルを好ましいものとして感じていたが、このときは手ぶらではなかった。

ほい、と右手のトール・カップを真介に差し出してくる。

「おまえ、いつもアイスのラテだったよな」

「あ、はい」

受け取りながらも、ありがとうございます、と礼を言った。それから少し不思議に思った。

「でもなんで、飲む前からカフェインなんです。しかもミルク入りの？」

「酔っ払わないようにさ」高橋がタクシーに手を上げた。「おまえが」

「は？」

タクシーが目の前で止まった。後部座席のドアが開く。高橋が乗り込む。真介も後につづく。

「新宿二丁目まで」

　これも意外だった。いつもの高橋なら必ず歩く距離だ。タクシーが動き出す。

「でも、飲むんですよね」真介はつい質問した。「酔わないようにって、意味がよく分からないんですけど」

「誰が、おまえだけと飲むと言った」高橋が微笑みながら言う。「今日はあと二人、相手がいる。というか、元々その二人と先約が入っていて、おまえは付け足しだ」

　え？　と思うまもなく、高橋はさらに言葉を続ける。

「会社の用じゃない。たぶん相手はもう飲み始めている。そこに、おまえを連れて行く」

「……遅れているんですか」

　いや、と高橋は苦笑して答える。「会うときはいつも大体の時間しか決めていない。だが、あまり遅れるのもアレかと思ってな」

　その言葉に思わず腕時計を見る。だが、まだ六時だ。六時前から悠々と飲み始めている人種……。

「社長、その会う人たちって、一体どんな方なんですか」

高橋はかすかに首を捻《ひね》った。

「まあ、お前は、事前には知らないほうがいいかもな」そう言って、真介のカフェ・ラテを見た。「それより、着く前に飲んでしまったほうがいいぞ」

そんなやり取りをしているうちに、タクシーは新宿三丁目界隈《かいわい》まで来た。高橋の指示通り、大通りから一本外れた路地を進んでいく。

停車した場所は、とある雑居ビルの前だった。

高橋はそのビルの地下一階の店へと階段を下りていく。その背中に続きながらも、真介は再び戸惑いを覚える。小洒落《こじゃれ》た感じの店構えとはいえ、基本的な業態は居酒屋のようだ。高橋がこんな店にも行っているとは、少し意外な気がした。

いらっしゃいませー。

暖簾《のれん》をくぐってガラス戸を開けると、三和土《たたき》と一段上がって板の間があった。靴を脱ぎ、玄関の靴箱に入れる。板の間を少し進み、仕切りのない大部屋に入った。

案の定というか、店内はまだ、二割ほどの客の入りでしかなかった。無理もないと思う。週明けの平日なのだ。

「おそらく佐竹か小平《こひら》の名前で、予約が入っていると思うんですが。三名から四名へ変更の」

そう高橋が問いかけると、ああ、と店員はすぐに分かったようだ。どうぞこちらへ、と大部屋の奥のほうにある廊下へさっそく案内を始めた。

廊下の奥で店員は立ち止まり、こちらですね、と、からりと個室のふすまを開けた。

途端、

おう、来たか。高橋さん。

視覚情報の前に、そんな声が飛び込んできた。

「やあ、どうもどうも」

そんな言葉を発した高橋の背中が横にずれる。見えた。

上座に、六十歳前後の男の顔が二つ並んでいる。長テーブルには、枡《ます》入《い》りのグラスの日本酒が置かれている。そして枝豆と突き出しの皿……高橋が言ったとおり、確かに二人とも飲み始めていた。

下座の座布団の上に高橋が両膝《りょうひざ》を突きながら、真介を手のひらで指し示した。

「これが部下の村上です。今日はちょっと、お供に連れて来ました」

「どうも初めまして。村上と申します」

真介は改めて自己紹介しつつも、名刺入れを出そうとした。

が――。

ああ、いいから、いいから、そんなの。

そう、右手の痩《や》せ型の男が制してきた。かと思えば左手の丸顔の男も、

「いいんだよ。別に仕事じゃないんだから。名前だけでじゅうぶん」

と、いかにも気楽そうにうなずく。

そういうわけだ、と早くも胡坐《あぐら》をかいている高橋も微笑んだ。

「まあ座れよ」

はあ、と真介は要領を得ぬまま、正座した。

「あ、崩して崩して」丸顔が笑う。「そうしゃちほこばられるとさ、おれたちも困っちまうんだよなあ」

胴間声で、どことなくべらんめえの口調だった。痩せぎすの男も微笑んだままうなずく。

隣の高橋も笑った。

「ま、せっかくだからそうさせてもらえ。ちなみに、こちらが——」と、まずは右手の痩せぎすの男を紹介した。「佐竹さんだ。その隣が、小平さん」

「はあ」

うなずきつつも、そっと胡坐をかいた。そして改めて対面《トイメン》の二人を見る。

佐竹と呼ばれた痩せぎすの男は、グレーの開襟《かいきん》シャツを着ている。頭髪はほぼ真っ白だが、額や頭頂部の後退はない。両顎《りょうあご》の辺りが程よく締まった顔つきをしている。シャツの上から見て取れる上半身の輪郭にも余計な贅肉《ぜいにく》や弛《ゆる》みはなさそうだ。対して、小平という丸顔の男は、襟元にチェックの柄の入った黄色いポロシャツ姿だった。若干赤ら顔で、頭髪は佐竹とは対照的にまだ相当黒い。肩口全体も丸く、声が低く太いわりに、おなかの部分がぷっくりと出ているその座り姿に、妙な愛嬌《あいきょう》を感じる。

共通点は、二人とも銀縁《ぎんぶち》フレームのしっかりとした眼鏡をかけており、さらにその二人の背後の壁のハンガーには、そろって淡色系のジャケットが掛けられている、ということだ。

「しかし一年ぶりか、高ちゃん」そう小平が口を開く。「相変わらずあんた、変わんないねー」

「はは。ありがとうございます」

高橋がそう答えると、横の佐竹も頭髪をつるりと撫《な》でてみせた。

「おれもさ、この一年でついに黒い髪が一本もなくなったよ」

しょうがねえだろ、と小平がグラスを上げ、呵々《かか》と笑う。「おれたちももう、ついに還暦オーバーなんだぜ」

「正確に言うと、二、オーバーな」

すかさず佐竹が正確に言い直す。

真介は依然無言でいる。高橋とこの両人の関係がまだよく見えない以上、必然、黙っているしかない。

店員がやってきて高橋と真介の飲み物のオーダーを聞いた。二人とも生ビールを頼み、小平と佐竹が追加の日本酒、それに大皿料理を四、五品頼んだ。

「村上さんだっけか？」そう小平が言い、メニューを差し出してくる。「あんたも何か食いたいもんがあったら、頼みなよ」

「あ、はい」

メニューを見る。最近野菜が足りていない。煮物系の小鉢を二つ追加オーダーした。

高橋にメニューを渡そうとすると、いや、と首を振った。

「おれは出てきたものを適当に摘《つま》むから、いい」

店員が去ると、佐竹と小平はほぼ同時にグラスを上げ、日本酒を口につけた。特に小平のほうは、上げたグラスに口元を持っていくような感じで一口飲んだ。その仕草。相当にアルコールが好きなのだろうと感じる。

しかし高橋さんさ、と佐竹がしみじみと口を開く。「あんたとの付き合いも、なんだかんだ言って、もう十五年にもなったねえ」

たしかに、とでも言うように横の小平がまだグラスを持ち上げたまま、大きくうなずく。

「ある意味おれたちの同期だったやつらより、長い付き合いになっちまってるよ」だな、と佐竹も相槌を打つ。「ヤマサンが潰れて、音信不通になった人間もけっこう多いしな」

ヤマサン？

あ――。

真介は一瞬愕然《がくぜん》とする。

ヤマサン……ひょっとして、あの山三証券のことか？

まだ大学生だった頃の記憶が一気に蘇《よみがえ》ってきた。

十五年前の冬だった。学部的には門外漢だった真介にとっても、それら一連のニュースはかなり衝撃的な出来事だった。

村野、日光と並んで日本の三大証券会社の一角だった山三証券が、ある日突如として崩れ落ちるように経営破綻《はたん》したのだ。

少なくとも真介の印象では何の前触れもなく、本当に崩壊した、という印象だった。それは真介個人だけではなく、世間的にも相当インパクトのある事件だったらしく、当時のテレビやラジオ、新聞は、山三の破綻を連日トップニュースとして扱っていた。

さらに詳しく思い出す。

山三は法人関連の顧客が多く、『法人の山三』と呼ばれていたが、それが九〇年代初頭のバブル崩壊後、仇《あだ》となる。山三は、いわゆる『にぎり』という名の元本と利回り保証——つまりは損失補塡《ほてん》を、総会屋を含めた特定の大口法人に対して行っていた。さらにはその損失を隠匿《いんとく》するための、子会社や関連企業を使った『飛ばし』という名の粉飾決算行為。当然これも、問題の先送りでしかない。

結果、ポストバブルの不況長期化と共に、その実損額および評価損額は雪だるま式に膨れ上り、破綻寸前のその含み損は、約二千八百億円……一時に処理すれば間違いなく債務超過に陥る金額にまで膨らんでいた。

翌年、証券取引法違反——有価証券報告書偽造容疑ならびに粉飾決算容疑で、社長以下五人の取締役が東京地検に逮捕される。さらにその翌年、自主廃業すらもままならなくなった山三は、東京地方裁判所から破産宣告を受ける。

その後、かつての三大証券会社の一つだったこの企業は、アメリカ資本の投資銀行

『アトラックス』の日本法人『アトラックス・ジャパン証券』に、その過半数の店舗と従業員を吸収された。

目の前の二人の話はまだ続いている。

小平がまたグラスを傾けて言う。

「結局さ、ありゃ元々が事業法人部の安易な発想から、全《すべ》てが始まってたんだよなあ」

それからふとおかしくなったらしく、

「他部門のおれなんかさ、破綻の二週間前までなーんにも知らなかったもんな。経済誌のすっぱ抜き記事を見たときにゃあ、もう目玉が飛び出しそうだったよ」

佐竹も小首をかしげて微笑した。

「でもまあ、それでも早めに知ったほうじゃないか。大半は、あの当日の社長の記者会見で知ったんだから。『社員は何も悪くありませんから』って。あれにはみんな、本当に腰が抜けたろうよ」

やはり、と思う。この話、山三に間違いない。

……真介はこの仕事を始めて以来、個人的に思っていることがある。

二十一世紀の今でこそ、国民はどんな大企業が潰れても驚かなくなってきているが、その潮流のすべては、この一九九〇年代末の山三の経営破綻から始まったのだ。

大企業神話の崩壊――。

その先鞭《せんべん》をつけたのが、この山三だった。

どんな一流企業も決して安泰ではない。

どんな業界も永遠に好調ということはない。

言葉に出して言えば、たぶんそんなことを強烈な実感として突きつけられたのが、この山三の経営破綻だった。そしてその時の実感が、真介が今の社会を見るときのベースになっている。

さらに言えば、経済をその国の枠組みと同時にとらえた場合、どんな国にも必ず栄枯盛衰の歴史があり、それはその国の経済活動とキャッシュフローに如実《にょじつ》に連動している。帝国主義も経済活動の一環として含めるなら、十五世紀以降ならスペイン、ポルトガル、次にオランダ、イギリス。そして二十世紀になりアメリカ、二十世紀後半にわずかな期間だけ日本ときて、今の二十一世紀は、中国に代表されるブリックス諸国の隆盛である。

高橋はかすかな笑みをたたえたまま、目の前の二人を眺めている。

しかし高橋とこの二人、一体どういう関係だ？

『日本ヒューマンリアクト㈱』が設立されたのは、今から十三年前だ。だから当然、今の会社がこの山三のリストラを委託されることは不可能だった。もし『日本ヒューマンリアクト㈱』に前身のような会社があったとしても、おそらくは山三証券の規模のリストラを請け負うほどの力はまだなかったはずだ。

それとも、他の関係での知り合いか。しかしそれなら、潰れた年からの知り合いということはない。やはり、リストラを契機に知り合ったとしか思えない。

店員がふたたび部屋に現れ、注文した料理を数皿と、飲み物を置いていく。

たぶんそのときの真介は、無言のまま三人の顔を交互に見ていたらしい。

佐竹が不意に、真介に向かって口を開いた。

「村上さん、だよね。ひょっとしてきみ、彼から何も聞かされないまま、この場にやってきたの？」

一瞬、どう答えるか迷った直後、代わりに高橋が口を開いた。

「そうです。彼は私たちの関係は、一切知りません。まあ、ちょっと来いと誘っただけです」

あぁ、と小平がいかにも人の良さそうな声を上げる。「道理でさっきから黙ってたわけだ。そりゃ人間関係摑《つか》めないと、不用意に口は開けないもんな」

あ、はい、と真介も苦笑した。「ただ、佐竹さんと小平さんが以前、あの山三証券にいらっしゃったことだけは、会話の流れから分かりましたけど」

おう、と小平がうなずき、また日本酒を一口啜《すす》る。

「なんで、言わなかったの」

そう佐竹が高橋に問いかけると、

「まあ、なんとなくです」と、珍しく高橋が照れたような笑みを浮かべた。「なんでこの男を誘ったのか、自分でもよく分かってないですからね」

小平がからかうように笑みを浮かべた。

「本当は、ちゃーんとした理由が、あんじゃないの」

高橋が軽く手を振る。

「いや。ないですって」

そうかなあ、とさらに小平は笑う。「なんかあんた、いい人だと思うけど、昔から腹の読めないところがあってさ」

本当にないですって、と高橋はさらに言う。「元来、読まれるような腹なんか持ってませんし」

「言うねえ」

小平は再び呵々と笑う。それから不意に真介のほうを見て、

「この男はさ、十五年前、おれたちをクビにするときに、いきなりアトラックスの人事部から専任課長として乗り込んできたんだよ」

「えっ」

そう、と小平は力強くうなずいた。「しかも人事権をガッチリ一手に握って。村上さんだっけか、ちょうど今のあんたぐらいの見てくれだった。ぱっと見るなり、生意気な野郎だと思ったもんなあ」

真介は驚いて高橋を見た。

高橋の具体的な社会人履歴を、今の会社で聞き知っている者はほとんどいない。立ち上げ当時の数人の取締役も、何故か口を閉ざしている。当然、噂《うわさ》にも流れて来ない。だから真介たち三十代の社員にとって、高橋の社会人としてのキャリアは、まったく沈黙のヴェールの中だった。

それが今、初めて明らかになった。

はは、と高橋が、いかにも仕方なさそうに笑う。

「まあ、私も当時は、それが仕事でしたから。必死でしたよ」

「でもさあ、一回りも年下の若造にクビを切られるこっちの身にもなってみなよ」小

平は相変わらずニヤニヤと問いかける。「これは、切ないぜぇ」

うん、と佐竹も苦笑してグラスを上げた。「言われてみれば、確かにそんな感じだったかなあ」

「で、白髪も腹も出てきた四十オーバーの男たちをバッサバッサと首切りだ」小平がさらに言葉を続ける。「あの頃、おれら世代の管理職はみんな、あんたを親の敵《かたき》みたいな目で見てたもんなあ」

まいったなあ、と高橋は軽くため息をついた。

「小平さん、佐竹さん、人を鬼畜みたいに言うのはやめましょうよ。それに二人とも、あっさりと私の説得に応じたじゃないですか。あの時の約二百名の管理職で、一度目から特に取り乱した様子もなく、淡々とうなずいたのは、後にも先にもあなた方二人だけだったんですよ」

へえ、と真介は思う。それからふと、面接官としての疑問が湧《わ》き出てくる。

たぶん目の前の二人、当時は四十代の後半だったはずだ。しかし、一度目の面接かからすんなりと辞意を表明していたらしい。だが、その当時の彼らを取り巻く状況を想像した時点で、その辞意の表明の仕方が疑問だった。

あのう、と気がつけば口を開いていた。「ちょっと質問させていただいてもよろしいですか」
「あの、お二人ともその当時は何歳だったんですか」
ん？　というように二人がこちらを向く。
「おれも、この小平も四十七だよ」佐竹が柔らかに答える。「おれら、同期だったか
らさ」
そうそう、とグラスを片手に小平もうなずく。「福岡支店時代も、課長同士だった
しな」
「当然、すでに家庭はお持ちでしたよね？」
ああ、と今度は小平が先に答える。「おれはカミさんと、当時大学生と高校生の息
子がいたよ。あとは、浦和に建てた家のローンが結構残っていた」
「佐竹さんは？」
「女房と、三人の子供。高校三年と一年の娘二人に、中学一年の息子。家も当時、五
年前に新築したばかりだった」
やはり、と思う。
年代的にプライベートでも最も生活費が嵩《かさ》む時期だ。いきなり職を奪われると、途
端ににっちもさっちも行かなくなる経済状況……仕事も当然だが、家庭人としても最

も責任のある年代だったろう。

「どうしてそれなのに、あっさりと辞職を受け入れられたのです？」真介は軽く切り込んだ。「その時点ですでに、他に確かな転職の当てか、あるいは他におやりになりたい仕事があったのですか？」

二人は、ほぼ同時に顔を見合わせた。

軽い戸惑いの表情が、両人の顔に浮いていた。

いや……と、ややあって佐竹のほうが先に口を開いた。

「そんなもん、別になかったよなあ」

そう、隣の小平に問いかける。

「うん……なかった」小平はふたたびグラスを口に運ぶと、さらに言った。「だっておれ、その後けっこうハローワークに通った記憶があるもん」

「おれも」

つまり、退職後には何の当てもなかったということだ。

こんな場合ながら、真介は危うく笑み崩れそうになった。

失礼だとは思ったし、この話題が決して二人にとって笑い事ではないことも分かってはいたが、今の二人のとぼけたやり取りが、妙に愛嬌たっぷりに感じられた。

ん？　と佐竹が目ざとくそんな真介の表情に目をつけた。

「おれたち、なんかそんな変なこと言ったかな」

いえ、と真介は否定し、その上でさらに聞いた。

「でも当然、その退職の件では、ご家族にはかなりご相談されたんでしょう？」

しかしこの質問に対する答え方も、かなり意外なものだった。

「うん……まあ」

と小平が口ごもれば、佐竹も少し苦笑した。

「まあ、相談というか、『そういうことになったから』って、女房には報告したかな？」

小平もうなずく。

「おれもまあ、そんなもんだった」

真介はまたもや新鮮な驚きを抱いた。

「そんなぐらいですむものなんですか？　仮にも家庭持ちの人が、会社を辞めることって」

二人はさも困ったように、再び顔を見合わせる。

やがて佐竹が言った。

「っていうか、そんなこと微に入り細にわたって女房に相談したって、仕方がないじゃん」

「は？」

「だってさ、相談以前に会社が潰れるのは決まってたんだから。だったらもう、連れ合いに変に相談してさらに混乱させるより、あっさり腹くくったほうがいい」

そうそう、と小平も大きくうなずく。「駄目なもんは、駄目ってこと」

これには真介も一瞬、言葉がなかった。

そんな真介をじっと見て、今度は小平が質問してきた。

「村上さんさ、あんた、いくつ？」

「今、三十五です」

「いいこと教えてやるよ」小平は言った。「人間、もう必要とされなくなった場所にいつまでも居てはいけないんだよ。だったら、そんな場所はとっとと捨てて、新たに必要とされる場所を探したほうがいい」

今度はその言葉に佐竹がうなずく。

「それにさ、アトラックスの意向で、最初の退職者募集のときは退職金がちゃんと出た。家族も当分は食わせられたしね」

がはは、と小平は突き出た腹を揺するように笑った。

「だからあ、そこまでバラすなって。せっかくおれがいい話をしているのに、台無しだろ」

なんだ――??

真介は激しく混乱を覚える。

なんなんだ、この違和感は？

あくまでも直截《ちょくさい》。あくまでも自己中心。そういう意味で、何も考えていない。かといって、分かっていないわけではない。無責任でもない。自分勝手に生きているわけでもない。うまく表現ができない。

あの山三の事件は、彼らの人生の一大事だったはずだ。なのに、この野放図な感じは、一体なんなんだ？

ふと視線を感じ、横を見た。高橋がこちらを見たまま、少し微笑《ほほえ》んでいる。

どうして高橋は、自分をこの場に連れてきたんだろう。

「いいんだぞ」

不意に高橋が口を開いた。

「聞きたいことがあったら、おれに遠慮せず、もっと質問させていただけ」

おう、それいいねえ、と、小平がグラス片手に笑う。「考えてみればおれも、自分の子供ぐらいの年代の人間から、こんな質問されたの初めてだわ」

あ、と思う。

つまり今の言葉は、家族内で今のような質問をされたことがほとんどないということを意味しているんじゃないか？

少し考えて、口を開いた。

かつての三大証券の一角、山三証券。いくら好景気が続いた昭和の時代とはいえ、そんなブランドの企業に就職できるくらいだから、それなりのいい大学を出ている、とは容易に想像が出来る。

「お二人とも、そもそも山三には、どうして入社されたんですか？」

佐竹がやや首をかしげた。

「それは、何故いろんな業界の中から証券会社を、その上でどうして山三を選んだかってこと？」

そうです、と真介はうなずいた。「その二つの意味です」

うん、と佐竹はさらに首を捻った。

「……なんだろう。まあ、たぶんどこでもよかったんだと思う」

「は？」

「だからさ、入る業界。入る企業」佐竹は言った。「もっとも、証券業界に関しては、多少の興味があったけどね」

「それは、何故です？」

直後、佐竹は照れたように笑った。

「一言で言うと、ギャンブル好きだったから。マージャンに競馬。それで、ほぼ学生時代の四年は終わったような気がする」

思わず絶句する。佐竹はさらに言葉を続けた。

「強いて言えば、証券業界を選んだっていうのも、そんな理由。だからまあ、今から考えれば、動機なんてないに等しいね」

はあ、と思わず間抜けな声を発した。完全に気合を外された。

「おれもそうだったっけかな」隣の小平も同調する。「おれはチャリのほうだったけどね。競輪。本当は空手をずっとやっていたから、その道で身を立てられればとも思ってたけど、そこまでの才能もなさそうだったしね」

今度こそ、真介は言葉がなくなった。

不意に高橋が口を開いた。

「ちなみに佐竹さんはおまえの地元、北海道大学卒、小平さんは名古屋大学だ」

高橋さんさ、と途端に小平が破顔した。「学歴の話なんか止《や》めようや。いったん社会に出たら、そんなもん何の役にも立たないこと、あんたもよう知ってるだろ」

「まあ、それはそうですが」高橋も苦笑した。「この村上への予備知識と思ってだったんですが、やはり余計でしたか」

余計だね、と佐竹も笑った。「そんな四十年も前の紙切れ。それに高橋さんだって、けっこうな大学を出てるじゃないか。でも今のあんただってそんなもんに、何の価値も感じていないだろ」

まあまあ、と高橋は何故かやや慌《あわ》て気味になり、話題を戻した。

「そういえば私も、何故お二人が山三を選んだかは、まだお伺いしたことがなかったですね」

ま、勢いみたいなもんだね、と、あっさり小平が答える。「おれらの当時はさ、大学三年の春ごろにはだいたいのやつは就職が内定していて、それにぼやぼやして乗り遅れた『ぼんくら組』ってのが、まあ、おれたちってわけ」

たしかに、と佐竹も笑う。さらに小平が話を続ける。

「もうおれらがさ、就職活動を始めたときなんざ、村野、日光なんぞはさ、あらかた青田刈りをした後で、その春に会社案内を取りに行ったおれたちなんぞ、『きみたち、こんな遅い時期に、いったい何しに来たの？』って感じの対応だったもんな」

佐竹もうなずき、

「だってさ、本来の会社説明会に行ったときなんか、村野は何もなし、日光はお茶、でも山三はコーヒーでもてなしだったもんな」

「そうそう」と、小平も調子を合わせる。「あの時代、説明会に来た学生にわざわざコーヒー出してくれたのって、山三だけだった」

つい、という感じで真介は口を挟んだ。

「え、でもコーヒーだから、山三に決めたわけではないんですよね？」

たかが一杯のコーヒーだけで、一生を決めるのか。そんな意味も含めた質問のつもりだった。

しかし――。

「そうだよ」

二人ともほぼ同時に、あっけないぐらい素直にうなずいた。

さすがに真介は、これには本当に呆《あき》れた。

佐竹は、そんな真介の様子をしばらく眺めていたが、

「ひょっとして、呆れてる？」

と、笑いを含んだ声で聞いていた。

ええ、と……と、思わず答えに詰まる。しかし結局は正直に答えた。「まあ、個人的には、あまりにも簡単な決め方だなって……すいません」

ふむ、と小平が低い声を出した。「たしかにそうかもな。でもそれ、意外に大事なことだと思うよ。相手が来たときに、何も出さないか、お茶か、それともコーヒーか。それで、おれらに対する気持ちも分かる」そしてさらに、こう言葉を続けた。「さっき言ったろ。人間、必要とされない場所に居ちゃいけないって。それは、行ってもいけないってこと。その気持ちが、一杯の飲み物にも出るのかなって。だからおれは、村野と日光は、それ以上面接に行くのを止めたよ」

逆に言えば、と佐竹も言葉を引き継ぐ。「そこそこ入りたい業界があれば、規模なんてよほど弱小じゃない限り、どこでもよかったんだ」

まったくだ、と小平も大口を開けて笑った。

真介もややつられて笑った。

「で、どうでした？」真介は聞いた。「その山三に、実際入ってみてからは？」

佐竹が答える。

「だいたい予想通りだったね」

「と言いますと」

「さっき、村野、日光を遠慮したのは、相手の態度のほかにもう一個理由があって、それはあの二社は、それこそ馬車馬のように働かされるって噂だったんだ。でも山三なら、比較的のんびりしてるってね。実際にそうだった」

ああ、と小平も笑う。「少なくとも入社一、二年目までは、あまりノルマも厳しくなかったから、のんびりしたもんだったな」

「そんなものだったんですか」

「そんなもの、とは？」

ですから、と真介は言った。「うまく言えないですが、大きく言えば、山三の社風ってものがです」

佐竹は一旦《いったん》はうなずいた。しかし直後には、首をひねった。

「というか、新人研修のときに、すでによく現れていたかな」

「なにがです」

「社風というか、あの山三に入ってくるような新人が、どういうやつらだったか」

なんだか、話が面白くなってきたな、と真介は思う。今の佐竹の言い方。明らかに最初から会社というものを突き放して見ていたようだ。そしてそれは、他のせいにはしないということだ。

小平がグラスを底まで呷《あお》り、呼び出しボタンを押した。そして佐竹のほうを見て笑った。

「ひょっとしてアレか。あの新人研修の、実地営業訓練のときか」

ああ、と佐竹も笑う。そして真介を見てきた。「そのときの同期は百人ほどいて、新人研修の最後の期間で、この関東近県で、一週間の実地営業訓練があったんだよ。各支店に、二、三人ほどの単位で仮配属されてね」

真介は話の先を促すためにかすかにうなずいた。さらに佐竹が言葉を続ける。

「で、後から分かった話だが、その百人の同期のうち、真面目《まじめ》に訪問営業をやっていたのは、わずかに四、五人だったたな」

「はい？」

真介が思わず声のトーンを上げると、また佐竹は笑った。

「だから、大多数はロクに営業もしてなかったってこと。おれの場合は横浜支店に配属されたけど、実際にそのエリアの住宅地を回ったのは初日の一日だけだった。あとの五日間はずっと、喫茶店で小説を読んでた」

軽い眩暈《めまい》のようなものを覚える。バブル華やかなりし頃に入社した世代には、よくそんなエピソードがあったと知っている。しかしいわゆる、昭和の猛烈世代にも、そんな現象が――たとえ社会の片隅であったにしろ――存在していたということが、真介にはショックだった。

気がついたときには、思わず小平のほうにも聞いていた。

「小平さんは、どうだったんです？」

あ、おれ？　と新しく来た日本酒のグラスを傾けながら、小平も苦笑した。

「おれはさ、川崎支店だったんだけど、あの一週間は、ずっと駅の東口界隈をうろついていたな。今でもそうだろうけど、当時はソープがいっぱいあってね。で、営業と称してそこの店を一軒一軒訪ね歩いていた」

まさか、と真介は恐る恐る聞いた。「まさか、毎日その手の店に入り浸っていたわけじゃないんでしょう？」

新入社員にそんな金、あるわけないだろ、と小平は笑った。「ただ、それまで行ったこともなかったし、あとで本気で働き出したらさ、そんな場所をじっくり回ることもなかろうと思ってね。後学のために自分への研修。結局は今まで実際に入る機会はなかったけどさ」

不意に佐竹が小平のほうを向いた。

「だいたいさ、研修のときから一生懸命訪問先を回っていたような奴《やつ》って、欺瞞《ぎまん》だよな」

そうそう、と小平もうなずく。「最初からそんなにがっついいて、どうすんだよってな」

そしてお互いに、あはは、と笑った。

真介は我慢できず、聞いた。

「しかし研修の営業訓練とはいえ、どうして懸命に回るのが、欺瞞なんですか？　がっつくことになるんですか？」

佐竹が柔らかい笑みを浮かべたまま、真介を見てきた。

「村上さん、きみ、営業の経験は？」

ありますす、と真介は答えた。「今の会社に入る前に、小さな広告代理店で三年ほど営業をやっていました」

「じゃあ聞くけど、営業に出てから最初の一週間で、どれぐらいの引き合いがあった？」佐竹は聞いてきた。「で、本当に営業としての仕事のリズムが出来始めたのは、始めてからどれくらいあとだった？」

これには思わず言葉をなくした。

確かにそうだ。たかが最初の一週間ぐらい足を棒にして新規の飛び込みをしてみたところで、まったく成果は上がらなかった。仮に上がった人間を見ても、それは本人自身がまだ何も分かっていない状態での、まぐれ当たりにしか過ぎないことはよく分かった。そこに、まだ個人単位としての仕事の成功の法則は導き出されていない。

つまりは、そういうことを言いたいんですか、と真介は聞いた。

「ま、近いかな」と、佐竹がうなずく。「おまけにおれたちは、その研修が終わって初めて本当の初任地に配属されることになっていた。だからその研修先でいくら頑張ってみたところで、後に繋《つな》がる数字にはならないわけだ」

「……」

仮に数字が上がったとしてもさ、と小平もあとを引き継ぐ。「研修生という身分の営業マンに、誰が自分の大事な虎《とら》の子を大きく張りたいと思う？　いないよね、そんなお客。張ったとしても、雀《すずめ》の涙の金額だ。そんなものを引き継ぐ現場の営業マンも、いい迷惑だろうよ」

「まあ、だからさ」と佐竹が締めくくる。「結局、会社としては『世の中ってのは、こんなに厳しいんだぞ』ってことをおれたちに最初に叩《たた》き込むのが、この営業研修の目的だったわけ。でも、おれに言わせればそんなもん、初任地に飛んでから散々味わうわけでさ。ちょっと考えれば誰にでも分かる。だから、任地に飛んでから必死に頑張ればいいだけの話であってさ。結局は、自分の存在を会社にアピールするためだけの頑張り……だから、欺瞞だって言ったわけ。確かに入社はしたけど、身も心も会社に対して、そこまでさもしくする必要はないでしょって」

たしか〜に、と小平も大きくうなずく。「やっぱ、がっついている奴らって、みっともなかったよな。おまけに実際の現場に出てみれば、あいつらぜんぜん駄目だったし」

当たり前だろ、と佐竹は笑った。「だいたいさ、結局は何のために仕事をやっているんだっていう、自覚がないんだよ。自分と、自分のお客のため以外には、本当には頑張れないんだっていう自覚がさ」

「っていうか、アレじゃねーか。結局、出世のことしか考えてねー奴は、所詮《しょせん》は出世できっこないってことだよな。出世なんて、あくまでも結果論の、しかも付け足しにしか過ぎねーのにな」

ははは、ともう一度佐竹は明るく笑った。「そう。単にあとから付いてくるもの。さすが小平、よく分かってんねー」

「……」

真介はもう、黙っていざるを得ない。

言っておくが、と高橋が口を開いた。「この佐竹さんも、小平さんも、山三での営業マン時代は、二人ともトップセールスマンだった。で、課長職と支店長に上がったのも、同期の中では最も早いお二人だった」

ありがとさん、と小平がグラス片手に少し笑った。「そうフォローしてもらっとかないと、今までの話だけじゃおれたち、単に不良社員みたいだもんな」

ふと思いつき、質問の角度を変えてみることにした。

「営業マン時代は、やっぱり相当忙しかったですよね？」

ん？という顔で小平が真介を見る。

どうかな、とその横で佐竹がやや小首をかしげた。「まあ、忙しいには忙しかったけど、仕事は、帰ってきてからの事務処理も含めて、七、八時頃までには終わってたかな？」

「と、言いますと？」

続く二人の話によると、こうだった。

仕事自体は確かにその頃までには終わるが、どうしてもある種のクールダウンの時間が必要なのだという。だから、そのまま家に帰ることはほとんどなく、同僚同士で居酒屋に行ったり、あるいは週末なら卓を囲んだり——つまりマージャン——と、実際の帰宅はいつも零時過ぎになっていたという。

まあそれは、真介たちの世代にもある。だが、ほぼ連日にわたって寄り道をして帰るということはまずない……つまりは、証券業界というものは、そこまで個々人にストレスがかかる仕事内容なのだろうか。

「ある種のクールダウンを毎日しなければならないほど、やはり仕事はきつかったのですか？」

これには二人ともやや首をかしげる。

さあ、と佐竹がどうとでも取れるような一言を漏らすと、小平も、

「まあおれら、山三が潰《つぶ》れた後は銀行や信金、生保・損保の業界にも入ったけど、その頃にはそんな頻繁《ひんぱん》に行くということはなかったな」

とつぶやく。

「ですよね？」

「でもそれは、あの業界の仕事自体がきつかったからではないと思う。数字のある仕事は、どこでもきついもんだからさ」

「じゃあ、なんです」

「ひとつは、時代かな」佐竹が後を引き継いだ。

「時代でもあり、おれたちの世代でもあったかもしれない」

一瞬、考える。やはりうまく意味が取れない。

「それは、どういうことなんでしょう？」

つまり、と佐竹が言うには、世代がら職場に同期がうじゃうじゃ居たからやっていたことでもあり、そしてその自分たちの世代が昭和という時期にあったからかもしれない、と。

「まあ実際、ある程度の管理職——支店長や本社の役付き以上になってくると、職場に同じ立場の人間はほとんど居なくなるからね。同じ目線で仕事の悩みや、バカ上司の愚かさや、同僚の噂話で笑い合いながら飲むこともなくなったね。あとは体力。さすがに四十も後半になってくると、きつくなってくるしさ」

でも、と真介は思う。

おれは、陽子によく仕事上のことも言うし、向こうもそうだ。なおかつ、山下のような社外の友人にもよく話す。

——そんなわが身に照らし合わせながら、なおもこだわった。

「そういう話って、家庭ではされなかったんですか。たまには奥さんにそんな話をされても、ある種のクールダウンにはなると思うんですけど」

そう質問すると、二人は今度、顔を見合わせた。

「そりゃあ、女房に言ってノルマが減るんなら、いくらでも言うけどさ……」

と、佐竹がためらいがちに言えば、小平も、

「うん……確かに言ったところで、やっぱり立場が同じじゃない以上、所詮は実感できない世界なわけだ。だから、結局は単なる愚痴になっちまったような気がするなあ。解決もしないし、たぶん余計な心配をかけるだけになる」

「奥さんに、ですか？」

そう真介が念を押すと、うん、と両人はほぼ同時にうなずいた。六十を過ぎている男だというのに、まるで子供のように素直なうなずき方だった。

それにさ、と小平は言う。「夜遅くに帰ってきて、そんな話をカミさんと真剣にしてるところを子供が見たとするじゃん。そしたらたぶん、子供まで不安になるよ。親《おや》父《じ》の仕事、うまく行ってないのかなあ、親父、仕事辞めたいのかなあ、って」

そして、さらにこう締めくくった。

「だったら、家庭は家庭としてそっと置いておいて、単にいつも午前様で帰ってくる

飲んだくれの亭主だと思われていたほうが、おれはまだいい」

その途端、なんとなく真介の中で腑《ふ》に落ちるものがあった。

と同時に、山三が潰れたときの、二人の奥さんへの簡潔極まりない報告を思い出した。

「そういうことになったから」と——。

単に、それだけだった。

だが、この二人はそれから五十路《いそじ》の坂を前にして再就職活動をやり、おそらくはちゃんと家庭の経済状態がひと区切りつくまでは、仕事をやり続けたのだ。おそらくはそれも、家族にはほとんど無言で。

真介には今の職業柄、よく分かっている。

バブルが崩壊したあとのこの日本で、五十を目前にした人間がちゃんとした再就職をすることが、その人の内面——屈辱や焦燥、苦痛、失望、あるいは（こんなはずじゃなかった）という絶望——を含めて、いかに大変かを。

——うん。

自分の親父のことを思い出す。

今も北海道のド田舎に住んでいる。足払《あしふつ》というオホーツク海に面した町だ。冬季になれば絶えずブリザードのような雪と風が襲い、流氷が押し寄せ、三ヶ月間は白い氷点下の世界にすっぽりと包み込まれる。

地元の炭鉱が廃山になったあと、そこの管理事務所の仕事がなくなり、半年後には損保の代理店をやり始めた……そして、そんなおれの親父も、家の中では仕事の話を一切しなかった。

うん……。

「なんかさあ、今回、おればかり質問されてて損だなあ」

不意に我に返ると、小平が赤ら顔のまま、そんな言葉を口にしていた。

その右手に上げたままの日本酒のグラス。真介たちが来てからも、もう何杯お代わりを追加したか分からない。心なしかその上体もかすかに左右に揺れている。

「高ちゃんさ、で、どうなのよ」

「どうとは？」

と、穏やかに高橋が受ける。

「だからさあ、高橋さんの、その前のちゃんとした話」小平は言った。「『アトラックス』に入る前の経歴」

これには隣の佐竹も、そうそう、と激しくうなずいた。

「おれたちも、あのあと『アトラックス』に吸収合併された連中から、ある程度のあんたの噂は回ってきてる。でもさ、あんた、またすぐに『アトラックス』辞めて、今の会社を始めたじゃない。だからさ、あの会社に移籍した奴らも、あんたの具体的な経歴は、途切れ途切れにしか知らないんだよね」

ああ、と高橋は相変わらず穏やかに笑っている。「たしかにあの会社に居たのは、ほんの数年でしたから」

「で、どうなのよ」すかさず小平が突っ込む。「その後は分かっている。その後はこうして会っているから分かっているけど、そろそろおれらにも、それ以前の経歴、教えてくれてもいいんじゃないの？」

おぉ、と真介は内心、にわかに興奮する。これは、けっこう面白いことになってきたぞ――。

ほとんど誰も知らない高橋の過去……考えてみればさっきの『アトラックス』の専任課長だった話も、今夜初めて聞いたのだ。

まいったなあ、と高橋が苦笑する。「逆に言えば、どこらあたりまでご存知なんです？」

佐竹と小平が顔を見合わせる。

先に口を開いたのは、佐竹だった。

「当時は、『アトラックス』の憎まれ役として、いろんな話が出てた。あんたが、ある同族企業の御曹司《おんぞうし》だとか、さらには超大手の商社に勤めていたっていう話もある」

「なるほど」

「かと思えば、一時期はマグロ漁船に乗っていたとか、青年海外協力隊にいたとか、南米でオイルの鉱脈を探していたとか、はたまたイスラエルのキブツにいたとか、とにかくそんな与太話が、当時のおれらの間じゃあ、時折まことしやかに囁《ささや》かれていた」

「ですか」

「おれたちのリストラをしたあとすぐに、『アトラックス』を辞めちまったってのも、一時期はけっこうな評判になっていた。さすがに責任を感じたんじゃないか、とかね。なんにしろあんたは、山三をクビになった人間たちにとっては、十五年たった今でも噂のネタだ」

「なるほど」

そう、高橋が簡潔な反応をすると、

「で？」

と、佐竹がさらに押してきた。隣の小平も大きくうなずく。

束《つか》の間《ま》の沈黙のあと、

「まいったなあ」高橋は同じ台詞《せりふ》を繰り返した。「私は、昔話をするのはあんまり好きじゃないんですよ。実際、そんなに誇れる過去でもないですし。ですがまあ、この村上の質問にも快く答えて頂きましたし、そこまで聞かれるのなら、お話します」

対面の二人は、ほぼ同時に大きくうなずく。

やや黙り込んだあと、高橋は話し始めた。

「具体名は省いていきますが、たしかに私は大学を出た後に、とある商社に入りました。今で言う、レアメタル関係の部署でしたね。そこで、四年間働きました。ところがその頃——私の実家は長野で、親は、ある大手精密機械メーカーの下請けの会社をやっていたんですが——その従業員五十人ほどの会社が、とうとう本格的に傾き始めたんですよ」

続く高橋の話はこうだった。

地方で従業員五十名といえば、決して大企業ではないにせよ、それなりの規模なのだが、内実は、いわゆる『三ちゃん経営』同然で、いつも資金繰りに追われて火の車だったという。

それでもなんとか事業を続けてこられたのは、社長である高橋の父親と専務である母親が、そのほとんどの給料を毎月の赤字の補塡《ほてん》につぎ込んでいたからだ。

実家は、普通のサラリーマンの家より貧乏だったと苦笑した。だから、同族企業の御曹司といえば聞こえはいいですが、内実はそんなものでしたよ、と。

「それでも両親は、自分たちが必死に愛情を注いできた会社をなんとか存続させたかったようで、それで、私は長男でもありましたし、自分でも何とか役に立てないものかと商社を辞めて、地元に戻ったのです」

だが、戻ったときにはあらゆる局面で、既に遅かったのだという。一年後に会社は倒産し、従業員には充分に退職金も支払えず仕舞いのまま、工場を畳んだ。

「そのとき、人事と給与面を見ていた私は、非常に辛《つら》かった思いがあります」

高橋は言った。

「家のことは仕方がありません。だから会社と担保に入っていた実家がなくなっても、それはある意味、納得がいっていました。ですが、長年勤めてもらった従業員の方々に充分な退職金も支払えずにクビを告げざるを得なかったこと……彼らのその先の生活を思えば、これは本当に、身を切られるような苦悩でした。罵《ののし》られるのなら、まだ良かった。ですが彼らは、私たち家族の経済状態を以前から知っていました。それだけに、ほとんどの人が愚痴ひとつ言わずに、黙って会社を去ってくれました。それが逆に、非常に辛かった」

高橋の話はむしろ淡々としているだけに、逆に凄《すご》みさえ感じた。

「両親のその後の生きていく環境作りなど、全部の身辺整理が出来た後、私は、青年海外協力隊に応募し、そして試験に合格し、日本を出ました。行き先は中米のホンジュラス、という国でした。とにかくもう、日本には居たくなかったのだと思います。逃げたかったんでしょうね、自分の過去から。そしてやったことから。二年間その国で鉱物資源の鉱脈を探す仕事《ボランティア》をやったあと、パナマ船籍の漁船に乗り込んで中東に渡り、一年間滞在しました。レバノンやシリア、ヨルダン……イスラエルもそのなかに含まれます。その後、再びアメリカ大陸に戻りました。ですが今度は中米ではありません。合衆国《ステイツ》です」

ここで初めて、高橋は少し笑った。

「私は当時、三十二歳でした。幸いにも商社時代にレアメタル関係でつながりのあった投資銀行の本社が、ダラスにありました。それが、『アトラックス』です。そこで四年目を迎えたとき、日本で『山三』の問題が持ち上がりました。私は日本人であること、そして、かつて会社を倒産させたときに、親にとっては半ば身内同然だった人員を整理した過去が買われたんでしょう、すぐに関連会社の『アトラックス証券』の日本法人に出向というカタチになり、佐竹さん、小平さんを初めとした皆さんの前に敵役として姿を現したと、まあ、そういうわけです」

しばらく対面の二人は口を開かなかった。むろん、真介も黙っていた。

ややあって、佐竹が口を開いた。

「……なんか、申し訳ない」

そう言って軽く頭を下げた。

「こっちの興味本位で、そんなことまで話させてしまって」

いや、とすでに高橋はいつもの穏やかな表情に戻っていた。「いいんですよ。すべては自分が蒔《ま》いた種なんですから」

でも、と小平が一気に酔いから覚めたような口調で言った。「さっきの倒産の話で、あんたがあのあとすぐに『アトラックス』を辞めた理由も、そして今の会社を興したわけも、ようやく少し分かったような気がする……すべてがリンクしている」

「ですか」

そう高橋が軽く受けると、小平はかすかにうなずいた。

「あんたは、どうせ誰かがクビを切らなくちゃいけないんなら、出来るだけ解雇になる人間のダメージを少なくしたい。会社との間に、ワンクッション置きたい。少なくとも自分が長年いた会社を直接恨むような状況を、少しでも避けたい。そう思って、今の憎まれ役の会社を作ったんだろ？」

「どうでしょう」高橋は静かに答えた。「自分なりの答えは、まだはっきりと出ていません。出ていませんが、たしかにそういう意味での必要悪的な会社は、やはり存在していたほうがいいと思っています」

小平は少し黙り込んだあと、つぶやくように言った。

「だからあんたは、こうやっていつまでもおれたちに付き合ってくれるわけだ」

だが直後、

「いえ。それは違います」高橋はきっぱりと口にした。「私は単に、お二人が好きだから、こうやって年に一度、お付き合いさせていただいているだけです。また、そうでなければ十五年も会い続けることは出来ません。そして、私が今の事業を始めてからは、被面接者の方々にその後に会ったということも、一切ありません」

そして真介のほうをちらりと見て、

「そしてこれは、今の会社『日本ヒューマンリアクト』の内規でもあります」

その高橋の言葉を聞いて、真介はチクリと心が痛んだ。陽子……彼女との元々のつながりは、結局はあの『森松ハウス』の面接室から生まれたものだ。明らかな内部規定違反。それでも今のところ、高橋は目を瞑《つぶ》っていてくれる。

佐竹が不思議そうに首をかしげた。

「しかし高橋さん、なんで、そんなにおれたちのことが気に入ったの？」

それに対し、高橋は心持ち顎《あご》を上げた。

「お二人は、あの面接のさい、何の恨み言も不平もおっしゃらなかった。いくらでも私を罵倒《ばとう》することが可能だったのに、淡々と退職を受け入れられた」

「……」

「それが、あの長野の経験と、私には今でもだぶって見えます。もう一度繰り返しますが、たしかに辛かった。しかしそれと同時に、お二人に多少とも救われたような気持ちになった。もちろん、実家の従業員の方々にも、です」

最後に高橋は、こう話を結んだ。

「自分の人生がどう転んでも、言い訳をしない。泣き言を言わない。家族にも、むろん他人にも。たとえ痩《や》せ我慢でも、です。つまりは、『ノー・エクスキューズ』——潔《いさぎよ》さ、ということでしょうか」

「……」

「ほぼ十年海外で暮らしてみて、私はこれが、本来日本人が持っている、あるいはかつて多くの日本人が持っていた、もっとも大事な出処進退のモラルではないかと思っています。お二人には、それがある。だから、私は好きなのです」

気づいた。

グラスを持ったまま、下を向いている小平。危うく泣きそうになるのを堪《こら》えている。

隣の佐竹も、かすかに目を潤《うる》ませている。

ようやく真介にも実感として分かった。

妻や子供を愛している、愛していない、あるいは、家庭を大事にしている、大事にしていないは関係ない。

それぞれに、自分の家でも口に出せない孤独と不安を背負って、これまで生きてきたのだ。

3

「真介、疲れたか」

駅前で二人を見送ったあと、高橋が真介を振り返った。

はい、と真介は素直にうなずいた。「ぜんぜん嫌な感じではないですが、でも少し……」

そう言うと、高橋はかすかに笑った。

「まあ、だろうな。何の予備知識もなしに人様に会うのは、疲れるものだ」

そう言ったあと、ちらりと目の前のビルを見上げ、

「ちょっとお茶でもしていくか」

そう言って真介を二階に見えた喫茶店に誘った。

二人とも何故《なぜ》かアイスコーヒーを頼んだ。

一息入れたあと、高橋が口を開いた。

「で、どうだった」

「と、言いますと？」

だから、と高橋は再び微笑んだ。「今夜の飲み会で、何か思うことはあったか」

少し考える。

だが、やはり言葉にならない。高橋の過去のこと。あの二人の生き方のこと……。

「正直、言葉にはなりません」真介は言った。「でも、なんとなくですが、感じたも

のはあります」

すると高橋はもう一度笑った。

「今は、それでもいい」そう、軽やかに言った。「おれは今日、おまえにちょっとした割符の片方を渡した。で、あとの片方の割符……これは、おまえの中にある。それがどんな形の割符であれ、どういう意味で見つけるのであれ、やがて自分が納得できるものを見つけてくれれば、それでいい」

ふと思い、その疑問を口に出した。

「それが、社長の思うようなものでなくても、ですか」

「むろん」と高橋は大きくうなずいた。「おまえの人生だ。今の会社にいるからって、そこまでおれの希望に答えてくれる必要はない」

「たとえそれが、最終的に会社を辞めるということになっても？」

さすがに高橋は苦笑した。

「まあ、そうはならないことを願っているが、それも、おまえ次第だ」

つい真介も軽口を叩いた。

「そういう意味も含めて、言い訳なしの人生――『ノー・エクスキューズ』ですか」

おいおい、と高橋は、今度は顔をしかめた。

「人の言葉をパクること自体、言い訳しているようなもんだぞ」

「はは……すいません」

そう真介が謝ると、直後に高橋は放り出すように言った。

「自分にとって大事な言葉は、自分で探せ」

言いながら伝票を取り、席を立った。

「じゃ、帰るぞ」

はい、と真介も席を立ち、高橋の後に続いて一階への階段を下り始めた。

外に出ると、歩道には五月の夜の風がかすかに吹いていた。

駅に向かう高橋の背中を眺めながらも、なんかおれ、ちょっと気楽になれたな、と思う。

陽子に言った言葉を思い出す。

(ようはさ、どんな企業に勤めてどんな役職になっているかっていうことより、そこでやっている仕事の、自分にとっての意味のほうが大事なんじゃないかなって)

……たぶん、そうなのだろう。

自分の言葉。自分の仕事。自分の生き方——。

まあ、ゆっくりと自分の答えを見つければいい。

見つからなかったら、それはそれでもいい。そういう人生もあるし、それはそれでひとつの答えだろう。

そう自然に思えると、心なしか足取りが少し、軽くなった。

File 3. 永遠のディーバ

気が付けば音楽がいつもそこにあった。

怒りや憎しみや喜びや悲しみ。あるいは小さな希望。あるいは、もっと大きな絶望。

私はそのリズムの中で生まれ、ブルースの中で育った。

一九七二年。佐世保《させぼ》。R&B。

いつもFENが流れている町の、ベース脇《わき》にある叔父さんの小さな飲み屋《クラブ》。

六六年生まれの私は、気が付けばナム行き前夜の米兵の前で、六歳の頃から歌っていた。

彼らに請《こ》われるまま、歌詞の意味も分からず、人生の意味も知らず、めちゃくちゃな英語で下手糞《へたくそ》な声を張り上げていた。

一ヶ月後には死んでいるかもしれない彼らの前で。

だから私は、歌い続ける。

1

じゃあ、ヴォーカルとリードギターはマサキさんで。

初回の打ち合わせでそう言われたとき、飯塚正樹は思わず内心ため息をついた。

またかよ……。

だが、もう口には出さない。言ったところでみんなから一斉に、
えーっ、なんでー??

と、不満の声が上がるのは目に見えているからだ。そしてそのあと、全員から決まって却下される。

だってさ、マサキさん、会社《ウチ》の半プロ集団の中でも、リード持たせて歌わせればピカ一じゃん。

だーよ。よっ、『ハヤマ』のロッコン準優勝。いっつもそうやって謙遜《けんそん》しまくりなんだから〜。

歳《とし》は関係ないってば、課長。それにさぁ、だいたい今度の新婦、課長直属の部下なんですから。マサキ課長がマイク持たなくてどうすんスか。

別に謙遜などしていない。

本当にもう、人前で歌うことには気が乗らないだけだ。そしてその気持ちは、この入社以来の二十三年間で一度も変わったことがない。

それに、四十六歳にもなった管弦打事業部門の一課長が、人前で声を張り上げるのもどうかと思う。おまけに仕事の実質面でも、一回りも年下の部下から「飯塚課長」ではなく、「マサキ課長」などと未《いま》だに呼ばれている。

ナメられている、とまでは思わない。実際、この少子化プラスどん底の不景気の中、部下たちは良くやっていると思う。それでも正樹の管理する管弦打事業部第三課は、この数年、一向に数字が思わしくない。まさしくトホホ、の気分だ。

でもまあ、それがご希望とあれば、やるさ……仕事も演奏も。

それに、と半ば諦《あきら》め気分で思う。

歌い終ったあとは、確かに不思議といい気分なのだ。束《つか》の間《ま》の充実感。かすかに滲《にじ》む汗に、若い頃の自分に一瞬戻ったような錯覚さえ感じる。

二週間前にメンバーが決まったこの即席バンドは、今、舞台の上にいる。ライブハウスや公会堂の舞台《ステージ》ではない。

正樹の部下の結婚式の、披露宴会場だ。その壇上が彼らのステージだ。

目の前に広がるだだっ広い披露宴会場。ウェイターたちが、円卓の間を忙しく立ち回っている。ナプキンやナイフやフォーク、献立表を次々とテーブルの上に並べていっている。

ばんっ。ストトン、トン。ぼむっ。

背後からドラムの音が響く。心持ち響きが鈍い。正樹も自分のフェンダー・ストラトキャスターの弦をピックで弾《はじ》く。

ぎゅわあぁぁぁん。べべべべいぃぃぃ〜ん。

昨夜《ゆうべ》ざっとチューニングは施したつもりだったが、やはり自宅の六畳と披露宴会場ではハコの大きさが全然違う。天井や壁の材質も違う。音の響き方に締りがない。もう少しきつめのほうが良さそうだ。

ヘッドのペグで弦の張り具合を調整していきながら、正樹は腕時計を見た。十二時十五分。

今ごろ新郎新婦は親戚《しんせき》縁者に囲まれて、厳かな雰囲気の中で主役を務めていることだろう。そして披露宴は、開場が午後一時。開宴が午後一時半だった。少し急がなくては。だいたいおれたちがこの会場に入ってきたのが、十二時ジャストなのだから。

でも、それもいつものことだ。たぶんもう少しで各自のチューニングも終わる。それさえ終われば、あとはもう、音合わせ一発でフィニッシュだ。

何故《なぜ》なら、いくら即席バンドとはいえ、ここに集まっている各部署の面子《メンツ》は、この会社に入るまで、一時期は真剣にプロを目指していたようなテクニシャン揃《ぞろ》いだからだ。

でも、と思う。

結局のところ音楽は、究極はテクニックではない。それは最低限の必要条件でしかない。さらにもっと大事なものがある——あのときに、それに気づいた。二十数年前の、あの出来事……。

気づいたとき、正樹は楽器にこだわるのを止《や》めた。だから今も、四半世紀も前の古びたストラトキャスターを使っている。

内心、また溜息《ためいき》をつく。

こんな気分になるから、おれはいつも人前ではやりたくないのだ。

……まあ、いいさ。気を取り直す。

今日は全部で三曲。続けざまに演奏する。

出だしは、ノラ・ジョーンズの『チェイシング・パイレーツ』。これは新婦の希望。

二曲目。同じくスロー系の、エリック・クラプトン『いとしのレイラ』。こちらは新郎のチョイス。

そして三曲目。これは恒例通り、こちら側の好きな曲を演奏していい。で、当然のごとく、バンドリーダーの正樹が好きな曲を、メンバー全員が推してきた。

「よし。じゃあ音合わせ、いくか」

正樹は言った。

「いつも通り、一発勝負で」

ドラマーがニヤリと笑うと、スティックを叩《たた》き始めた。

「ヒア・ウィー・ゴー、岡崎突貫《おかざきとっかん》バ〜ンドっ」

思わず正樹も声を上げて笑った。

この会社『ハヤマ』には二つの本社がある。三十年前に設立された東京本社と、元々の本社だった愛知県の岡崎本社。当然、工場群も岡崎にある。で、楽器全般を扱う部門の社員は——今はそれぞれが全国散り散りになっているとしても——すべてその社歴は岡崎本社の新人研修から出発する。そこで育ったメンバーのうち、今度の招待客だけで構成された即席のバンド。だから、通称『岡崎突貫バンド』。

一曲目の『チェイシング・パイレーツ』。

シンセサイザーのイントロに、ドラムのリズムがメロディを上書きしていく。

なんだかんだ言っても、上機嫌になってきている自分がいる。

そして三曲目、マーヴィン・ゲイの『ホワッツ・ゴーイング・オン』……。この曲。

思い出がある。最近になってようやく多少、歌いこなせるようになった。

背後のサックスが、いい具合で泣き始めている。音が濡《ぬ》れている。

ベースもそうだ。心地良く腹に響いてくる。

ドラマーのパーカッション。当たりが柔らかい。摑《つか》んできている。

正樹はどうしようもなく急速に陶然としてくる。

あぁ、もういいや。ウジウジ悩むのはもうやめだ。

今、この瞬間だけは、来月から始まるリストラや異動の件も、昔の記憶も、どっかに置き去りだあっ。

2

「――というわけで、今回のクライアントは、株式会社『ハヤマ』だ」

言うなり、上座の高橋は右手に持っていた資料を、はらりとテーブルに投げ出した。

「おれがわざわざ説明するまでもなく、日本、いや世界を代表する楽器メーカーだ。最も有名なのがピアノ、キーボードやシンセサイザーなどの電子楽器、トランペット、ギター、ドラムなど管弦打楽器、リコーダーをはじめとする教育楽器、ミキサー、パワーアンプなどＰＡ《パブリック・アドレス》機器……まあ、ここらあたりの製品は、世界でもトップレベルのシェアを誇る。その他にも高級オーディオ機器、半導体、ゴルフ用品、自動車用の内装部品などの生産を手がけている。創業は一八八六年。その年に日本最初のオルガン製作に成功。明治十九年のことだから、日清《にっしん》戦争よりはるかに前の設立だ。以来、百二十五年の歴史がある。日本の数ある一部上場企業の中でも、ここまで社歴の長い会社は、そうざらにはない」

高橋は何も見ず、すべて空で説明を続ける。

「資本金は約三百億。当期三月末での売上高、三千八百億。従業員数は約二万人、プラス、臨時雇用者数の年平均が八千人……以上が、ざっとした概要だ。ここまで何か質問は？」

誰からも手が上がらない。

当然だろう、と真介《しんすけ》は思う。このメーカーのブランドマークは、日本は言うに及ばず世界中の、特に先進諸国には行き渡っている。そしてそれには、もう二つほどの理由がある。

高橋は束の間席上を見渡した上で、ふたたび口を開いた。

「では村上と松浦、補足の説明を頼む」

そう言って真介と、その対面《トイメン》に座っている松浦の顔を見遣る。そして少し白い歯を見せた。

「知っている奴《やつ》は知っていると思うが、村上は二十五歳までセミプロの二輪ロードレーサーで、松浦は二十六歳までベーシストとして細々と飯を食っていた。だからまあ、この会社の補足説明にはうってつけというわけだ」

これにはさすがに席上から笑い声が沸いた。

みんな知っている。自分たちの経歴を、ということではなく、この『ハヤマ』という企業グループのアウトラインをだ。

じゃあまず、私のほうから、と松浦が立ち上がる。

「みなさんはさすがにお分かりでしょうが、『ハヤマ』を単なる楽器メーカーとしてだけ捉《とら》えると、この企業の本質を見誤ります。そこらあたりのポイントになる周辺事業を、さらに詳しく補足しておきます。

まずは幼児から大人までを対象にした音楽教室。これはみなさんが子供の頃からお馴染《なじ》みの有名な施設ですね。全国五千箇所に展開しています。さらには高級リゾートホテル、ゴルフ場、乗馬クラブなどのレクリエーション事業。次いで近年に設立された子会社にて、音楽ソフト事業にも乗り出しております。具体的には、自社レーベルCDの製作とネット配信、それに付随する音楽プロダクションの経営、イベント・コンサートの企画・運営……」

そこまで言うと、この三十七歳の元ベーシストは少し首をかしげた。

「実はこの会社は二十年ほど前まで、『ハヤマ・ロック・コンテスト』なるものを年に一度、大々的に主催しておりました。通称は『ロッコン』です。素人《しろうと》からの完全な公募制で、全国大会で優勝したアーティストには、並み居る大手の音楽プロダクションからスカウトの手が上がるというシステムのコンテストです。えー……恥ずかしながら私も十八の頃、バンド仲間と出たことがあります」

分かる。会議室の面接官たちは早くも結果を聞きたくてウズウズしている。

代わりに真介が口を開いた。この松浦とはほぼ同時期の中途入社だ。年も近い。だから遠慮もない。

「で、結果は？」

「単なる入選だよ」松浦は顔をしかめた。そして苦笑した。「当然、どこからもスカウトの話はなかった。だから、その後の紆余《うよ》曲折を経て、今はこうしてクビ切りの面接官をしているわけだ」

途端、誰かの声が飛んだ。

言うねえ〜っ。

会議室中がどっと沸く。笑いの渦に包まれる。高橋も仕方なさそうに苦笑している。

「じゃあ次、村上、頼む」

そう言って、こちらのほうを見てきた。

「えー、この株式会社『ハヤマ』は、一九五〇年代にその本体から発動機部門を独立させました。それが現在の『ハヤマ発動機』です。事業内容としては、オートバイ部門、ボートやヨット、漁船やクルーザーなどのマリン製品部門、その他に産業用ロボット、発電機、汎用《はんよう》エンジン、レーシングカート、ゴルフカーなどを製作しています。この『ハヤマ発動機』は、六〇年代後半にはすでに本家の『ハヤマ』の売上高を追い越しており、現在では資本金約九百億、売上高一兆三千億、従業員数は五万二千人となっております。子が親を超えるという典型的なパターンで、この『ハヤマ』グループも、セイコーとセイコーエプソン、イトーヨーカドーとセブン・イレブンのように、親と子の関係は良好です」

さて、どこまで話していいものやら……。

「グループ全体としての『ハヤマ』の製品を見たときに言えることとは、圧倒的な高品質と信頼性に支えられた製品作りを行っているということです。一例として汎用エンジン部門では——世間一般ではほとんど知られていませんが——一九六〇年代末に、現在では世界で一、二位を争う自動車メーカー『トヨハツ』からの依頼で、『2000GT』というスポーツカーの生産を行っていました。このクルマは我が国初の本格的な高級グランツーリスモです。また、一九七〇年代には名機『2T-G』というエンジンを『トヨハツ』のために五十万基以上生産しています。その当時の『セリカ』『カリーナGT』『レビン』『トレノ』と言った『トヨハツ』ドル箱のスポーティ・カーには、ほとんどこのエンジンが使われていました。その関係は八〇年代に入っても続き、今度は『4A-G』というエンジンを生産します。今でも峠族の若者には根強い人気のある『86レビン』『トレノ』に乗せられているエンジンが、これです。ようは、あの世界の『トヨハツ』がクルマの心臓部であるエンジンを進んで外部委託するほどの製作技術がある会社、と見てもいいでしょう」

……まあ、多少は言うか。

「ちなみにオートバイ部門が、この『ハヤマ発動機』の売り上げの七割を占めています。だから世界中でこの『ハヤマ』のエンブレムは有名です。もちろん私も知っています。というか、今でも目に焼きついています。サーキットのバックストレートで、私の駆るマシンをいとも簡単にぶち抜いていくマシンたちは、その多くがハヤマ製でしたから。ハヤマのレース用エンジンは当時、エンジンの高回転域の伸びが圧倒的に違いました」

言いつつも、やはり松浦と同じようについ苦笑してしまう。

「まあ、だからといってこれが、私が第一級の乗り手、つまりはワークス系ライダーになれなかった理由には、まったくなっておりませんがね」

そう言葉を締めくくると、果たして会議室のそこかしこから冷やかしの声が飛んだ。

よっ、男の哀愁っ。

スピードに命を懸けた青春っ。

はいはい、と高橋も笑いながら軽くテーブルを指先で叩く。

「というわけで、補足説明は終わりだ。ここからがいよいよ今回の本題に入る」

会議室はふたたび静けさを取り戻していく。

「さて、この本体の『ハヤマ』が、教育楽器および管弦打事業部門で常に頭を抱えてきたのが、高度経済成長中期以降のマーケット少子化の問題だ。実際、一九七〇年には2・13の出生率だったものが、一九八〇年には1・75まで下がり、一九九〇年には1・54……二〇〇〇年には1・36となっている。さらに言えば、二〇〇三年から二〇〇五年までの間では、1・2台まで落ち込んでいるという散々な数字だ。学校に売り込む機材の実績が、この四十年でほぼ半減している。六〇年代後半から延々と続いてきたバンドブームが、二〇〇〇年代前半には完全に下火になってしまったことも大きい。これには、九〇年代半ば以降から、若者たちを夢中にさせる邦楽の新しいムーヴメントが起こらなかったということも、かなり影響しているらしい。さらには、家庭内パソコンの台頭と携帯電話の普及だ。バブル崩壊以降、ただでさえ可処分所得の減った親に育てられている学生は、その小遣いが少ない。その中から通信費を捻出《ねんしゅつ》しなくてはいけない。そんな経済的な事情も、楽器離れの一つの要因になっているらしい」

高橋はここで一回口をつぐみ、真介たち面接官を見回した。

「で、今回のターゲットは、当然この二つの部署の営業職だ。一方、現在の『ハヤマ発動機』は新しく立ち上げた電気バイク事業部門の拡販に力を注いでいる。今までのレシプロエンジンやそれに付随する冷却系機能、吸排気系機能の知識はまったく要らない乗り物だ。つまり、機械系エンジニアとしての知識はあまり要らない。モーターが回る原理さえ分かっていればいい。だから、そちらに転籍してもらうか、あるいは会社を去ってもらう、ということになる」

3

一次面接も、今日で三日目を迎えた。

一人目の面接を終えたあと、真介は首を左右に揺らし、軽く息を吐いた。

今回の被面接者の対象は、教育楽器事業部門と管弦打事業部門の四十五歳以上の社員だ。

……あのあとの高橋の説明を思い出す。

実は、ハヤマ人事部の本当の狙《ねら》いは、バブル期に大量に採用した社員の整理にあるらしい。特に一九八六年から一九九〇年にかけての五年間は、年間に数百人という単位で新入社員および中途入社社員を採用していた。しかもその採用方法も、この浮かれきった時代に特有の丼《どんぶり》勘定的なやり方で、「一芸入社」という特別枠さえ設けていたらしい。

つまりは、ペーパーテストや学歴、通常の面接形式によらず、学生たちに自分の得意な「一芸」をさせる。それは音楽演奏でも、自転車の曲乗りでも、サッカーのリフティングでも、あるいは居合い術でもいい。とにかく居並ぶ採用担当者を思わず唸《うな》らせるほどの芸を持っているものなら即入社、というなんとも荒っぽいやり方の採用だった。

思い出しながらも真介はつい微笑《ほほえ》む。

個人的にそういう採用のやり方は嫌いではない。だがやはり、通常の方式を経て採用された社員に比べ、どうしても個別のバラつきが大きくなる。良くも悪くも標準化されていないのだ。「一芸入社」は、個人のほかの能力に対して保険をかけていないからだ。

当然、ずば抜けたパフォーマンスを発揮してくる少数派もいる一方で、そうでない社員も数多く発生させてしまうという結果をもたらした……。

ふと横を見る。

いつものように川田美代子《かわだみよこ》が脇の机に座っている。彼女も黙ってこちらを見てくる。その目元が笑っている。

「なに？」

つい真介は聞いた。するとその目元の笑みが、完璧《かんぺき》な弧を描いた眉山《まゆやま》からゆっくりと顔全体に広がった。

「村上さん、今回の面接では、そんなに溜息もつきませんね。ネクタイも緩めないし」

言われてみればそうだ。一次面接が始まって三日目だというのに、いつもはそろそろ重くなってくる肩の凝りもほとんど感じない。

つづけて川田はこうも言った。

「このハヤマって、なんだかんだ言っても、基本はいい会社ですよね」

なるほど、と真介も思わず笑い出した。

たしかにそうだ。ただでさえ四十代後半から五十歳にさしかかって人件費が高くなっているバブル期の入社組。しかも無節操に採用したせいで、年代別に見ても彼らのボリュームゾーンはその数が圧倒的に多い。

これが普通の会社なら、有無を言わせず全員をリストラの秤《はかり》に載せてしまうところだろう。そして職務に対して目方の軽い人間には、真介たちが容赦ない追い込みをかける。辞めるしかない状況に追い込んでいく。

ところがこのハヤマは、誰から頼まれたわけでもないのに、兄弟会社のハヤマ発動機に苦労して渡りを付け、そこの電気バイク事業部門への転籍の道を別途に用意してきた。

長年勤めてくれた社員に対し、ただ放り出す道を提示するだけではあんまりだろう、と上層部が思ったのかもしれない。

確かに人のいい会社だ。リストラするにしても、その対応にはまだ経営者としての良心が感じられる。

だから、というわけでもないだろうが、それに呼応するようにして、真介がこれまでに面接してきた十一人の中高年社員たちも、ほんわかしているというか、妙に人がいい。

真介が会社の事情を説明した上で、転籍か辞職の道を示すと、さすがに笑顔は見せないものの、かと言って表立って怒りや不満を口に出す相手は皆無だった。ただひたすら困惑したような顔をしているだけだ。そして真介の説明にも素直に聞き入っている。

人生の半ばをとうに過ぎ、それなりの苦労や社会のからくりも経験してきただろうに、妙に朴訥《ぼくとつ》としている。その顔にあまり苦労が染《し》み付いていない。言動にも俗社会の灰汁《あく》が感じられない。ようは、変に擦れていない。

「まあ、そうかもね」

真介も軽くうなずいた。そしてもう一度首を左右に捻《ひね》ると、時計を見た。

十時十七分。次の面接は十時半からだ。

「美代ちゃんさ、次のファイル、ちょうだい」

「はーい」

川田がゆっくりと立ち上がり、例によって亀《かめ》のような動作で近寄ってくる。

川田は真介の下についてもう四年だが、相変わらず個人ファイルをいかにも大事そうに両手で差し出してくる。

分かっている、と思う。

彼女は、被面接者のファイルをぞんざいに扱ったことは一度もない。教えたわけでもないのに、いつも神仏に対する供え物のように丁寧極まりない所作で出してくる。ちょっと滑稽《こっけい》で、でも好感を覚えるいつもの動作。

「サンキュ」

言いながらファイルを受け取り、川田が満足そうに席に戻るのを横目で確認しつつ、一枚目をめくる。

飯塚正樹、とある。四十六歳。現在、管弦打事業部第三課の課長。

右上にある顔写真を見る。細面で、鼻筋の通った男の顔が写っている。実年齢よりかなり若い印象を受ける。せいぜい三十代後半と言った感じだ。髪型もそうだ。頭頂部から側頭部にかけてはボリュームいっぱいの一見ロン毛ふうだが、襟足ともみ上げはかなり短髪に詰められている。昔のツー・ブロック風と言ってもいい。意地悪く見れば、明らかに若作りだ。だが、事実、似合っている。かと言って、そういう男にありがちな嫌味さは感じられない。おそらくはこの男も性格がいい。

……先週末にファイルを見たとき、この時点で、なんとなく予感が働いた。

履歴欄を見ていく。

東京都杉並区生まれ。地元の幼稚園、公立小学校を出た後、中学入試を経て、大学まで一貫教育のA山学院大学中等部に入学。以来、エスカレーター式に高校、大学と進む。留年することなく二十二歳で大学を卒業後、ハヤマに「一芸入社」枠で採用。

……四枚目の個人情報欄をめくる。

大学二年生の時に、この飯塚が率いるバンド『ノー・ゲス』で、ハヤマのロッコンで準優勝、とある。飯塚の担当はヴォーカルとリードギター。なるほど。名実共にこの男のバンドだったというわけだ。

そして「一芸入社」でも、アコギ一本で弾き語りを行い、採用担当者をいたく感心させている。

やはり相当な実力があったのだろう。

しかし、ここで一つ疑問がわく。

が、まあいい。のちのち当事者に聞けば分かることだ。

他の情報項目として、八年前に結婚、とある。現在四十一歳の妻との間に、子供はなし。夫婦で働き続けている。五年前、東松原に2LDKのマンションを購入。ふむ……これからも子供は作らず、共働きで生きていくつもりのようだ。

二枚目の社歴欄に戻る。

管弦打事業部の営業マンとして五年間セールスに励んだあと、教育楽器事業部に三年。その後ふたたび管弦打事業部に戻ってきて、一年後に主任、三年後に係長、そして四年前に課長になっている。ふむ……この二〇〇〇年以降の底なしの不景気を考えれば、まあ四十二で本社の課長というのは、良くもなく悪くもなく、そこそこのラインだろう。

しかし課長になってからが冴《さ》えない。この飯塚の管理する第三課は、他の課に比べ、ここ数年明らかに見栄《みば》えがしない。そして現時点でも、一向に上向いてくる様子がない。

さらに三枚目の職場測定アンケート、『ＳＳＥ』の結果に上の項目から目を通していく……ふむ。

　ふたたび時計を見る。十時二十七分になっていた。

　ファイルを閉じ、前の面接が終わった直後に川田が淹《い》れてくれたコーヒーを飲む。少しぬるい。飲み終わり、改めてテーブルの上で両手を組む。飯塚正樹が現れるのを待つ。

　十時二十九分三十秒になったとき、目の前の扉から軽いノックの音がはじけた。ちょうど良いタイミング――そう思いながらも、ごく自然に声が出る。

「はい。どうぞお入りください」

　ドアノブが回る。すらりとしたスーツ姿の中年男性が姿を現す。一瞬こちらを見てかすかに頭を下げたかと思うと、足取りも軽く近寄ってくる。

　飯塚正樹。たしか履歴上では今年で四十六歳のはずだ。だが、その外見といい、身の捌《さば》き方といい、やはり四十代半ばには見えない。

　もっとも、管理職という立場を考えた場合、そういうこの男の身ごなしの軽さ、さらにいえば、この雰囲気の若々しさが、逆に問題といえば問題なのかもしれない。

　そんなことを思いながらも、いつもどおり口は滑らかに動いていた。

「飯塚さんでいらっしゃいますね。さ、どうぞ、こちらのほうにお越しください」

「あ、はい」

小さな声で返事をしつつ、飯塚が素直に近づいてくる。その挙措。まるで無防備な雰囲気。

うん、と真介は再び感じる。今までの被面接者の例に漏れず、この男も性格が良さそうだ。

「さ、どうぞ。こちらのほうにおかけください」

真介は立ち上がったまま、目の前の椅子《いす》を指し示した。相手がゆっくりと腰を下ろす。

「コーヒーか何か、お飲みになりますか」

いえ、と飯塚は口を開いた。「コーヒーは、ちょっと苦手なもので」

「では、お茶は？」

「あ、それなら頂きます。どうも、ありがとうございます」

自分の首がかかった緊張時に、しかも明らかに年下の自分に、さらりとお礼の言葉を口にすることが出来る。

川田がお茶を持ってきて、飯塚の前に置く。すると飯塚は、川田に向かっても軽く頭を下げた。その下げ方も、ごく自然だ。そこには、変にひねこびた中年男性の、こういう状況でよく見られるふてくされ感や傲慢《ごうまん》さなど、微塵《みじん》も感じられない。

なるほど。

この時点で、決断した。

これまでの被面接者以上に、この男にはもったいぶった前置きは必要ないだろう。わざとらしく咳払《せきばら》いをしたり、ファイルを敢《あ》えて音を立てて開くなどの威嚇《いかく》も不要だ。率直にいこう。

もっとも、このタイプにはそれがある意味、最も残酷な方法なのかもしれないが……。

この男自身、何故この場に呼び出されているかは充分に自覚している。その状況に対し、自分でも出来るだけ冷静に対処しようとしている。

目の前の飯塚がお茶を一口飲み終わるのを待って、真介は口を開いた。

「飯塚さん、率直に申し上げます。現在あなたの所属されている音楽楽器部門――教育楽器事業部と管弦打事業部はそのマーケットの縮小により、人件費の高い四十五歳以上の方々の人員整理を迫られています。そして、あるいはもう社内の噂《うわさ》で聞かれているかもしれませんが、特に御社の四十五歳から五十歳までの社員は、その全体におけるボリュームゾーンが非常に多い。全社員のうちの三十パーセントを占めています。

ここのゾーンを重点的に減らしたい、というのが御社の意向のようです。つまりあなた方のような八〇年代後半から九〇年代初頭に入社してこられた、バブル入社組が対象です」

そこまで一気に言い切り、相手を見る。飯塚も少し困ったような表情でこちらを見ている。真介はさらに言葉を続けた。

「選択肢は三つございます。私どもとよく話し合った上で、ハヤマ発動機の電気バイク事業部門に転籍するか、三割増しの退職金を貰《もら》ってこの会社を去られるか、私との面接を最後まで切り抜け、強引に今のハヤマに残られるか、です」

すると初めて飯塚の表情がはっきりと動いた。

「残る？」飯塚は鸚鵡《おうむ》返しに問いかけてきた。「現状のまま残るということが、可能なのですか？」

当然です、と真介は言った。「現在の日本で、指名解雇は労基法違反です。ですから飯塚さん、あなたがどうしても、というのでしたら、今の職場に残ることは可能です」

「それでしたら、私は――」

そう言いかけた飯塚を、真介は目で制した。

「ですが、先ほども申しましたとおり、御社上層部の意向では、今回の面接で特にバブル入社組に大量に辞めて欲しい、というのが本音のようです。むろん、今も業績を充分に伸ばされている方なら、残られる道もありでしょう。しかし飯塚さん、失礼ですが、あなたの率いる管弦打事業部第三課は、ここ数年、とても御社に貢献しているとは言えない数字です。これは、お分かりですよね？」

「……はい」

「するとこれからの面接に必死に耐えられて、残られる道を選ばれたとしても、まず降格は間違いないでしょう。ホワイトカラー職からも外される確率は高くなります。岡崎の工場で在庫管理部門や不良品廃棄部門、あるいは資材購入部門などに回される可能性も高いですね」

さすがにそこまで言うと、やや飯塚の顔は強張《こわば》った。

「つまり、完全に窓際《まどぎわ》族に回される、と？」

真介は神妙な顔でうなずいた。

「私個人は、工場のそういう部門に回されることが窓際族だとは考えておりません、おりませんが、人によってはそう取られる方もいらっしゃるでしょうね」

この微妙な問いかけに、さすがに飯塚は黙り込んだ。

しばらく間を置いて、真介は言った。

「このファイルの中に、一枚のアンケート結果があります。『SSE』という名前の職場測定アンケートです。通常、社員の評価は直属の上司がつけるものですが、それを、その本人以外の職場の部下すべてが、当人に対し行うというものです。飯塚さん、あなたにも上司の測定をお願いしてありましたから、これがどういうものかはご存知ですね？」

はい、とかすれた声で飯塚がうなずく。

そこまでを確認した上で、三枚目の資料を開いた。管弦打事業部第三課の部下全員が、この飯塚に対して与えた評価が資料として載っている。（1―5）の五段階評価で、項目ごとに部下からの評価の平均点が記されている。平均値は3だ。

「では、その結果をお伝えいたしますが、よろしいですか」

飯塚がふたたびうなずく。不安そうな表情を隠そうともしない。

ある意味、当然だろうと思う。人間、上役からの評価には、そのモノの考え方や性格の不一致などで、多少ひどい評価をつけられても、わりと平然としていられるものだ。だが、部下全体から総スカンの総合評価を食らった場合、普通はヒトとして耐えられるものではない。職場にいたたまれない気分になる。それは、上司よりも部下からの評価のほうが圧倒的に正しい場合が多いと、ほとんどの人間が意識下で気づいているからだ。

ここに、真介は企業の縦社会構造というものの矛盾を感じる。が、企業もつまるところは利潤追求団体なのだ。組織の効率とスピードを考えた場合、人事査定も指揮系統もトップ・ダウンしかない。

一瞬、そんなことを思いながらも、『SSE』の結果を読み上げていく。

「では、いきます。取り組み姿勢3・9、協調性4・7、向上心3・7、合理性4・4、倫理観4・6、公平性4・5、社交性4・8、そして最後になりますが、目標達成度3・0……正直、こういう面接を受けられる方の評価としては、総合的に見てかなりのハイスコアです」

そしてふたたび飯塚の顔を見る。

そこにあったのは、明らかにほっとした表情だ。

だから、この男のそういう部分がいけないのだ――密《ひそ》かにそう思う。

おそらくこの目標達成度の3と、取り組み姿勢の3・9という評価は、これでも部下からのサービス測定だ。現在の業績から見ると、目標達成度は、3の評価には到底及ばない。つまりは部下が、その評価として上司を庇《かば》っている。

だから、この男は駄目なのだ。

ふたたび思いつつも、さらに言葉を続ける。

「この結果が何を表すものか、お分かりですか」

束の間ためらったような素振りを見せた後、飯塚は言った。

「つまり……自分で言うのも口幅ったいですが、私は部下から好かれているということでしょうか」

真介は軽くうなずいた。

「そういう言い方も出来ますね。飯塚さん、この数字を見る限り、あなたは部下から好かれていらっしゃる。ですが、ほとんどの項目で4・5以上を出しているにもかかわらず、取り組み姿勢と向上心は4を切り、さらに目標達成度は、3です。この三つの項目、特に目標達成度は低い。さらに言えば、第三課の実績を見れば、目標達成度は平均値の3にもはるかに及ばないということはすぐに分かります。つまり、あなたは部下から好かれている以上に、現状では庇われている」

「……」

「部下から、査定で庇われるほどに慕われている上司。素敵なことです」真介は皮肉でなく言った。「部外者の私がこのようなことを言うのは大変失礼なのかもしれません。ですが、あなたの仕事は本来、部下から慕われることでしょうか」

　飯塚は黙ったままだ。

　真介は言葉を続ける。

「企業が利潤追求組織である限り、まず優先されるべきあなたの仕事は、管理職として部下に数字を積み上げさせることでしょう。そのためにも大いにやる気を見せ、彼らを叱咤《しった》激励することでしょう。その上で、部下と良好な関係を築ければ、それに越したことはない。つまり部下との関係性は二次的な要素です。そうはお思いになりませんか？」

　ややあって——、
　かもしれません、と飯塚は力なくうなずいた。

「おっしゃるとおりだと思います。ですが、これでも私なりに必死に業績を伸ばす努力はしてきたつもりです。部下も相当に頑張ってくれています」

　ここだ、と思う。

　この男には気の毒だが、最初の突っ込みどころは、ここにある。

「では、あなたが必死に努力をし、部下が頑張ってくれているにもかかわらず、業績の上がらない理由は、どこにあると自分ではお考えですか？」

案の定、さすがにこの質問には、飯塚はたじろいだような表情を見せた。

しばらく黙り込んだあと、ゆっくりと口を開いた。

「認めるのは辛《つら》いですが、自分には、管理職としての能力がないのかもしれません」

真介はそう答えた相手の顔を、束の間見やった。悲しげな目つきだ。

自分から決定打となる言葉を吐いたこの男……今ここで、これ以上追い詰めても意味はない。後で、彼自身にじっくりと考えさせたほうがいい。

話題を変えることにした。

「飯塚さん、あなたは資料によりますと、学生時代に御社の主催する音楽コンテストで準優勝されていますね」

その唐突な質問に、飯塚は意外そうな表情を浮かべる。

「バンド名は『ノー・ゲス』……あなたが高校一年生の時から、節目節目でそのメンバーを入れ替えながらも、社会人になるまで続けておられた。単にコピー曲を演奏するだけではなく、オリジナルの持ち歌も十曲以上あり、ライブハウスでの客の入りも、いつも上々だったとお伺いしております」

飯塚は、ますます問いかけの意味がわからない、と言った顔をしている。かまわず真介は言葉を続ける。

「さらに言えば、あなたは『一芸入社』のときに、そのバンドのオリジナル曲を歌い、並み居る採用担当者をいたく感心させておられます」

自分の大昔の過去をほじくり返されたのが気に入らなかったのか、飯塚は少し苛立《いらだ》った様子を見せた。

「失礼ですが、何をおっしゃりたいのです？」

真介は一瞬迷った。本当に聞きたい疑問を、今ここで口にするか？

しかし初対面で、さらには相手が明らかに苛立っているときに聞くのは、さすがに憚《はばか》られた。

結局、副次的な理由を問いかけた。

「つまり、それほど音楽が好きだったということで、現在の会社の、しかも今の事業部をお選びになられたわけですよね？」

途端、相手は安心したような表情を浮かべた。

外した、と真介は直感した。危うく舌打ちしそうになる。

やはり、これが核心ではなかった——。

だが、いったん安全策の擬態を取った以上、それを続けざるを得ない。気が進まないながらも、さらに言葉を続けた。

「もしそうなのであれば、確かに今の仕事にこだわられる気持ちも、理解できる部分がありますす」あぁ、我ながら非常にまずい誘導をしている……。「ですが、現状を踏まえて、これからの組織人としての未来を考えることもまた、重要ではないかと思います」

三十分後、飯塚は部屋を出て行った。

結論は二次面接まで持ち越しということになり、仮に退職した場合の条件を説明して、退出してもらった。

「……」

つい溜息をつきながら、飯塚のファイルを片付け始めたとき、隣席の川田と視線が合った。

「おれ、今回の面接、やり方をしくじった」

悔しさに思わず口走った。

すると川田は一瞬間を置き、白い歯を見せた。

「また次、ですね。どんま～い」

これには真介も少し笑った。

ドンマイ、なんて言葉を聞いたのは久方ぶりだ。

4

くっ、そ──。

面接が終わったときから、常になく正樹は苛立っていた。自分でも珍しいことだとは思いつつも、心の漣《さざなみ》はまだ立ち続けている。

だが、そんな様子を部下にはむろん、同じ立場にある他の課長職の人間にも見せたくはない。結局この体たらくでは仕事にならないと判断し、五時過ぎに恵比寿《えびす》にある東京本社を出た。

恵比寿駅へと伸びる遊歩道……同じように定時にオフィスタワーを出た勤め人たちと歩調を合わせ、進んでいく。

気がつけば八月終わりの太陽が、自分の影を斜めに映し出している。

そういえば、と少し落ち着いてくる。

こんな時間に退社するなど、思い出してみれば数年ぶりだ。いつもいつも数字に追われ、思うようにならない業績に四苦八苦し、夜七時からの課内会議もしばしばだった。世田谷の東松原にある自宅マンションに帰るのは、いつも午後十一時前後となる。改めて気がつく。あまりに早く会社を出たので、妻に連絡を入れていない。

が、まあ、まだ大丈夫かと思う。

五歳年下の妻と知り合ったのは、ちょうど十年前だ。当時、正樹は三十六で、彼女は三十一だった。友人の紹介というよくあるパターンだ。二年間交際して、それから結婚した。

彼女は結婚しても仕事を続けた。今では外資系コスメの吉祥寺店の店長をしている。かなり忙しい立場らしく、午後八時に店舗が閉まってもバックヤードの作業や事務処理が山積みらしい。当然のことながら、帰りはいつも正樹とおっつかっつとなる。

……渋谷で山手線から井の頭線に乗り換え、各駅停車で四駅ほど進んだときに、ふと思いついたことがある。

携帯を取り出し、ネットから吉祥寺のバーの名前を検索してみた。

すぐに出てきた。

公園通りに隣接した『アルカディック』。八年経《た》った今も、まだ営業していた……。

次いで、妻にメールを入れる。

『今日は早上がり。結婚前に二、三回連れて行ったバーがそっちにあったろ。覚えているかな？　公園通りのアルカディックってバー。そこで待っているから、仕事終わったら連絡ちょうだい。一緒に帰ろう』

　その内容を送信した時点で、最寄り駅の東松原を過ぎていた。

　約二十分後、吉祥寺駅で電車を降りた。

　三階にあるプラットフォームから、町全体が素通しに広がっている。記憶に残っている夜景。不意に、懐《なつ》かしさに胸が締め付けられそうな気分になった。

　正樹は新入社員当時、岡崎での研修を終えたあと、すぐに東京本社への辞令が出た。向ヶ丘遊園にある独身寮から会社に通っていた。が、独身寮は三十歳で出なくてはならないという社内規定だった。その後、この町に移り住んだ。結婚までの八年間をこの町で過ごし、さらに、二人で東松原に移り住んだ。

　以来、この町に足を踏み入れたことはない。買い物や外食は、より近い下北沢や渋谷に行くようになった。

　つい一人、苦笑する。人間なんて現金なものだ。

　二年前、彼女のほうが逆にこの吉祥寺に異動となった。

　改札を出て、公園通りをバーに向かって歩いていると、胸元の携帯が揺れた。数回の振動ですぐに切れた。メール着信あり。取り出して画面を開く。

案の定、妻からだった。

『こっちまで来るなんて、チョー意外（笑）。じゃあ、今夜はあたしも頑張って早上がりしようかな。面接の様子も早く聞きたいし、終わったら、またメールする』

つい微笑む。二人の間に子供はいない。だから、彼女は今も仕事を続けている。

さらに歩き続けると、あった。

バー『アルカディック』。歩道に控えめに出た看板が、新しくなっていた。

ひょっとして、内装も変わっているのだろうか。

そしてまだ、あの彼はいるのだろうか——。

そんなことを思いながらも、店の重いドアを押した。

カラカラーン、とドアを開け切った途端に、軽い鈴のような音が鳴った。聞き覚えのある涼しげな音色。変わっていないのだと感じる。八年ぶりの奥まった内部を、改めて見る。変わっていない。店内の内装、分厚いオーク材のカウンターも、やや腰高のスツールも、やや暗めの間接照明に照らし出されている壁一面のボトルも、昔のまだ。

ガランとした店内にはまだ一人として客はいない。ちらりと腕時計を見る。六時三分。混み合うにはまだ相当に早い。

カウンターの奥にいたバーテンが顔を上げ、こちらを見てくる。

すぐに分かった。彼だ。

知り合って約十六年。会わなくなって八年。十歳ほど年下だったから、初めて会った当時は、まだ二十歳《はたち》そこそこだったはずだ。だからもう三十代の後半にはなっている。

だが、時は、彼とこの店だけを一九九〇年代半ばのまま置き去りにしているようだ。

相変わらずの、すらりとした体型。顔の表情にも、およそ中年臭さというものが感じられない。いかにも怜悧《れいり》そうな瞳《ひとみ》に、若々しい眉。顎《あご》のラインにも肉の付いた形跡はまったくなく、目尻《めじり》にも額にも皺《しわ》一つ見えない。口元にも、豊齢線《ほうれいせん》の蔭《かげ》りさえ浮かんでいない。

その顔が、直後に微笑んだ。

「八年と、六ヶ月ぶりですか。飯塚さん」

つられて正樹も笑った。

「ごめん。まさしくロングタイム・ノー・シーだね」

彼はもう一度、少し笑った。

だが、それだけだった。

久しぶりの再会の大げさな身振りも、あれからどうしていたのか、などという問いかけもない。

あとは無言にもどり、まずはグラスを取り出して、五〇〇ミリリットルのエヴィアンを注ぎ入れる。そして黙ったまま、コースターごと正樹の前にじわりと押し出してくる。

そのグラスを見つめたまま、正樹はじわりと感動した。

覚えていた。正樹はその癖として、飲む前に必ず、一杯の水で喉《のど》を潤《うるお》す。そのなんとなくの習慣を、彼は約八年経った今でも覚えていた。

ややあってグラスの中の水を飲み干したとき、ふたたび彼が口を開いた。

「一杯目は、どうされます？」

少し迷ったあと、口を開いた。

「J・Mのラム、まだある？　マルティニク島の」

彼は再び微笑み、バックサイドの酒棚から一本のボトルを抜き出した。

ボトルの封はまだ切られていない。彼は封を切るとコルクを音もなく抜き、グラスに注いだ。そしてふたたび正樹の前に静かに押し出す。途端、ラム特有の強い芳香が漂ってくる。

一回、二回と少しずつ口に含みながらも、思う。

カリブ海にあるフランス領マルティニク島のラム。注文する客はそんなに多くはない。それでもずっと棚の中にあった。

お互いに無言の時間が続く。

正樹は、カウンターの中で相手の醸《かも》す、その雰囲気が好きだった。

どんなに馴染《なじ》みになっても、客に話しかけられない限りは黙っている。しかし、話しかければ、たとえそれが世間話でも、誠実な受け答えをする。そして口にする意見や感想は、決して自分の身の丈の範囲を超えることはない。だから言葉が浮つかない。

ヒトの風景として、とてもいい。

彼は二十歳そこそこの頃から、すでにそうだった。

当時、しばらく通ううちに分かった。

謙虚なのだ。そしてその非常な謙虚さを支えるものは、ある種の老成した悲しみのようなものなのだろうと、何故《なぜ》か感じた。

二杯目の追加を頼んだ後、正樹は口を開いた。

「何も変わってないね、ここは」

するとバーテンは少し微笑んだ。

「一つ変わりました」彼は言った。「三年前に、ぼくがオーナーになりました」

ほう、と思わず正樹は声を上げた。「それは、おめでとう」

「はい」

ふと、カウンターの内部の一番奥の、黒い物体が目に付いた。ファスナーを開けなくても分かる。黒いソフトケースに入ったギターだ。その厚さからして、おそらくはアコギ。

「あれ、どうしたの？」

すると、少し困ったような顔をして彼は答えた。

「すいません。最近始めたんです」

「誰が？」

「ぼくです」彼は恥ずかしそうに言った。「ずっと無趣味だったんですけど、なんとなくギターを弾きたくなって」

職業柄、つい言ってしまった。

「ちょっと、見せてもらってもいいかな？」

彼は一瞬迷ったような素振りを見せた。だが、まだ他の客が来るには間があるだろうと判断したのか、結局はカバーからギターを取り出し、正樹に渡してきた。

ヘッドウェイのユニバースシリーズ。HCF－18。エントリーモデルとしては、まあ、こんなものだろう。

「実は開店前も、一人ここで一時間ほど勉強していたんです」

その生真面目《きまじめ》な表情に、つい笑い出しそうになる。勉強、ときたもんだ。おそらくは独学。教室にも通っていない。いかにも彼らしい。

「でも、意外に難しいですよね」

そう言われ、試しに弦を鳴らしてみる。ふむ。チューニングは合っている。

何故だろう。思った瞬間には口にしていた。

「ちょっと、弾いてみてもいいかな」

直後、改めてそんな自分に驚いた。人前で積極的に弾く気持ちになったことなど、ここ二十数年絶えてなかったことだ。

が、同様に彼も驚いたような表情を浮かべている。

「弾けるんですか」

「まあ、人並みには」

言った直後には、弦をかき鳴らし始めていた。何を歌うのかも決めていなかった。

だが適当にスロウなイントロを奏《かな》でているうちに、革靴の底がパーカッション替わりになる。トン、トトン。トン、トトン——。

あとはもう、自然に歌詞が口を突いて出てきた。

あえて声を張り上げず、籠《こ》もらせるようなニュアンスで、ごく自然な感じで口ずさむ。

♪
ステージ降りて来た時に
君は楽屋のドアにもたれて
冷えたビール僕に渡して
「よかったわ」と微笑んだ

ステージ後の寂しさ
吹き飛ばそうと町へ出かけた
陽気なバンド仲間達と
車に乗り込んで

どこから来たの？

ミス・ロンリー・ハート
こんな夜は傍に居て欲しい　♪

そこまで歌った後、正樹はふと右手を止め、相手の顔を見た。

その瞳に、明らかな感動の色があった。

「すごいっ」

思わず、というように彼は声を上げた。その顔に浮いた興奮。初めて見る彼の表情。

「なんかもう、ムチャクチャにうまいじゃないですか」

思わず微笑む。

「ありがとう」

言いながら、ギターを彼に手渡す。

相手はまだ興奮冷めやらぬと言った様子で、しげしげと自分のギターを見ている。

ややあって、その顔を上げた。そしてためらいがちに口を開いた。

「プロだったんですか。昔」

正樹はなおも微笑んだまま、首を振った。

「勤め人になるまで、単にバンドをやっていただけだよ」

そんな……と、彼は戸惑ったように言葉を詰まらせた。「——素人《しろうと》のぼくが聞いても、明らかに技術がずば抜けているっていうのは、はっきりと感じます」

今度は、苦笑せざるを得なかった。

「大事なのは、その先」やや苦い思いと共に、後を続けた。「確かに中学の頃からギターを抱えて歌ってた。けど、つまるところ音楽は、テクニックじゃない」

束の間《つかのま》、彼は黙り込んだ。まるで正樹の言葉を懸命に咀嚼《そしやく》しているかのように。

そして、ふたたびためらうように聞いてきた。

「それは、何ですか？」

言おうとした。答えようとした。

……だが、結局は口に出せなかった。

確かに、中学の頃から密かにプロを夢見ていた。エスカレーター式に上がる中学に入学した後は、授業もそっちのけでバンド活動に熱中した。高二からライブハウスで歌い出し、大学に上がる頃には毎回ハコを満員にさせていた。自分たちのオリジナル曲にも熱狂してくれていた同世代の若者たち……。

だが——。

不用意に口にするには、あまりにも衝撃だったあのときの体験。

全身が総毛立ち、五感という五感が圧倒され、打ちのめされた。お互いに経験を積んできたものだけに分かる感覚。自分に足らないものは何かということを、無慈悲なまでに思い知らされた。

だからおれに、それを口にする資格はない——。

「……」

どれぐらいの無言の時間が流れたろう。不意に相手がぽつりとつぶやいた。

すいません、と。

「出すぎた質問でした」

そう言って、頭を下げてきた。

「いや。おれのほうこそ」慌《あわ》てて正樹は言った。正直な気持ちだった。「最後まで言えないようなことなら、初めから言うべきじゃなかったんだ」

後はふたたび無言に戻った。

どれくらい二人でそうしていただろう。三杯目のJ・Mを飲み干した直後、胸ポケットで携帯が振動した。

メールを開くと共に、その時刻を見る。七時五十五分。

『なんとか仕事片付け終わったよ。そっちに行く？　それともどっかで待ち合わせて、軽くご飯でも食べる？』

返信を打つ。

『飯にしよう。今から駅の南口に行く』

今この場で、この気持ちを引きずったまま、妻とは会いたくなかった。

送信し終わって、スツールから立ち上がった。

「ごめん。女房と待ち合わせがあるんで、帰るね」

言いつつも鞄《かばん》の中から財布を取り出した。

いえ、と相手は首を振り、遠慮がちに微笑《ほほえ》んだ。

「いいですよ。今日は」

これには驚いた。

「どうして？」

「まあ、お礼です」相手は言った。「ぼくには飯塚さんが何を思われているのかは分かりません。分かりませんが、それでも素晴らしい弾き語りでした。だからです」

いや、と正樹は思わず咄嗟《とっさ》に返事をした。「それは、さすがにいけないよ」

「いえ。本当にいいんです」相手もさらに強く言い切る。そして早口でこう続けた。

「だったらこうしましょう。今の曲名、ぼくに教えてください。練習してみたいです。

そして近いうちにもう一回、ここに来てください。さっきおっしゃいましたよね。『音楽はテクニックじゃない』って。ぼくも、ちょっと話したいことがあります」

真剣な表情だった。ここまで言われて断るのは、かえって失礼だろう。

「……分かった」

すると、明らかに相手はほっとしたような表情を浮かべた。

ふたたびお互いの間に笑顔が戻る。

店を出るとき、正樹は言った。

「さっきのは、浜田省吾の『ミス・ロンリー・ハート』。一九七九年のアルバム『君が人生の時…』の二曲目」

言いながらもつい苦笑した。我ながらよく覚えている。

「好きなんですか」

「どうだろう？」と、もう一度笑った。「ただ、ギターを弾き始めて、最初に歌ったのがさっきの曲だった。歌詞が好きだった。ひょっとしたら将来、自分もそうなれるかもって、もう嬉《うれ》しくて、狂ったように何度も弾いてた」

するとと意外にも、相手は大きくうなずいた。

「たぶん分かります。その気持ちなら」そして不意にはにかむような笑みを浮かべた。

「似たような経験を、昔しましたから」

その懐かしむような笑み。不意に何故か辛くなった。

慌てて、じゃあ、と手を振り、店を後にした。

5

一次面接から三週間が空いて、二次面接が始まった。

今、真介の目の前に飯塚が座っている。

「それで——」と、真介は次の問いかけに移った。「この度の面接の件で、もう奥様とは話し合いの機会は持たれましたか」

はい、と言葉少なに飯塚は答えた。

一瞬間を置き、真介は小首を傾《かし》げて見せた。

「もし差し支えなければ、どういう話し合いになったのかをお伺いできますか？」

飯塚は束の間迷ったような表情を浮かべたが、それでも口を開いた。

「あなたの好きなようにしていい、と言われました。もし今後、本当に意に添わないような状況になる可能性が濃厚なら、最悪は辞めてもかまわない、と……」

その答えに、なんとか真介はうなずくことが出来た。

いい夫婦だ、と感じる。

妻にはもう覚悟が出来ている。この不景気の時代だ。おそらくは最悪の場合、夫を養うつもりでいる。

当然その裏には経済的背景として、自分の収入と、夫の三割増しの退職金で、マンションのローンも依然として賄《まかな》え、現在の生活も維持できるという、冷静な読みも働いているはずだ。

だが、そこまでの愛情を持たれているからこそ、この飯塚はそういう境遇に甘んじることを、自らが許さないはずだ。

その上で、この男は今どう考えているのか――。

その疑問を、素直に口にした。

「それで飯塚さん、あなた自身は今、どう思われているのでしょう?」

「それでも出来れば、今の仕事を続けて行きたいと思っています」目の前の男は、弱々しい口調で言った。「これからも音楽に携わっていける、今の仕事を」

なるほど、と真介はうなずいた。

「では、三次面接まで乗り切りますか。乗り切って今の職場に残り、あとはもう降格にならないことを祈りつつ、頑張る道を選びますか」

気づく。自分の質問の仕方。やや意地悪になっている。

すると飯塚は束の間黙り込み、ためらいがちに口を開いた。

「でも、ゆくゆくは左遷《させん》になる可能性が高いんですよね？」

その様子。その言い方。

真介は不意に苛立った。やりきれなさが急激にこみ上げてきた。

迷うのはいい。自信がないのも仕方がない。許せる。だが、こいつ……まだ分かっていない。

そしてこの言い方では、何の答えにもなっていない。

この男の入社までの履歴――目指していた生き方が明らかにうかがえる。しかし、ロッコンで準優勝しているほどの実力の持ち主にも拘《かか》わらず、その二年後の大学卒業時には、あっさりとバンド活動を辞め、勤め人に転身している。

その会社が、今までやってきたこととまったく畑違いの分野なら、まだ分かる。

だが、この男は、バンド活動を辞めたにも拘わらず、音楽活動に携わるこの会社に勤めている。

だからこそ、この局面で揺れている。ブレている。自分を捨て切れていない。

いや、捨てなくてもいい。だが、捨てないなら捨てないで、ある部分で割り切る勇気というものを持ってもいない。

おそらくは、二十年以上が経った今でも、そのことに自分でけりをつけられないいまでいる。そこをちゃんと捉《とら》えない限り、今後も彼自身の土台は揺れ続けたままだろう。

だが、やはりそれを伝える術《すべ》はない。

つまるところ、自分にとって本当に大切なことは、他人からは与えられない。自分自身が気づくしかないのだ。

つい軽く息を洩《も》らした。気が進まない。とても憂鬱《ゆううつ》だ。

――が、この男とのブレイクスルーのきっかけは、この方法しかない。

よし。やろう。

「ちょうど二十年ほど前です。バイクに乗り始めた少年がいました」

「はい？」

飯塚が意外そうな声を上げる。かまわず真介は話を続ける。

「少年は、すぐにバイクに夢中になりました。実際、素人レベルでは速くもありました。地元では、峠でも草レースでも負け知らずでした。いつしか彼は、プロのライダーになりたいと思うようになりました」

言いながらも痛いほどに感じる。隣の川田の視線。突き刺さっている。それでも真介は言葉を続けた。

「より速くなるために単車を乗り換え、そのたびに高校時代からバイトを繰り返し、大学に行くという名目で、ド田舎から関東に出て来ました。その大学の近くに、全国でも有数のサーキットがあったからです。彼はその時点から、さらにバイクにのめり込みました」

分かる。飯塚の表情が徐々に真剣になってきている。

「レース資金を捻出《ねんしゅつ》するために、また高校時代以上にバイト、バイトの連続です。そして一年がたち、二年が過ぎるうちに、レースでも徐々に結果が出るようになってきました。地場企業からのスポンサーが付くようになり、少なくともレース費用だけは持ち出しにならなくなりました。彼は大学を卒業したあとも、クラスメイトのように就職もせず、さらにレース活動に打ち込みました。ですが、結局は二十五歳のときに、その道を断念しました」

つい、というように飯塚が身をせり出した。

「何故です」

思わず溜息《ためいき》をつきたいのをぐっとこらえ、努めて冷静に言った。

「たぶん、状況説明ならいくらでも出来るでしょう。二流ライダーとしての適正年齢。不景気によるスポンサーの減少。でも本質は、同じサーキットで走りあった者同士だけが、分かり合える感覚です」

「……」

「例えば、同じスピードでコーナーをクリアしていく二台のマシン。一見、素人目には実力が伯仲しているようにも見える。でも、当人同士にははっきりと分かっているのです。どっちがまだ余裕があるのか、どっちがもう限界なのか。そういう意味で、彼より速いライダーたちが、どんどん出現してきました。つまりはそこが、彼の才能の限界でした。というより、そこで気持ちが挫《くじ》けてしまったこと……それこそが才能の無さでしょう。実力と才能は、似て非なるものです。だから彼は、プロへの道を諦《あきら》めたのです」

飯塚は無言のまま、じっとこちらを見ている。たぶんもう気づいている。

それでも、ややあって飯塚は口を開いた。

「失礼ですが、彼の、その後は？」

真介は、つい微笑んだ。

「今、こうしてあなたの目の前にいます」

「……」

「私はそれ以来、単車のグリップに触れたことも、ありません」

言い終わると同時に、もう、ここまでだ、と思った。

目の前の飯塚のファイルを静かに閉じた。

「さ、特に飯塚さんのほうから質問がなければ、本日の二次面接はここまでとしましょう。よろしいですか？」

いや、あの、と急に飯塚はうろたえた。

「何か？」

あの、と飯塚はもう一度繰り返した。

「あの……」

さらに繰り返す。だが、やはりその後の言葉を続けられない。当然だ。自分に照らし合わせれば照らし合わせるほど、聞きにくいことこの上ないだろう。

だから真介は機先を制した。

「飯塚さん、今の話に結論はありませんよ。また、何が正しくて、何が正しくないという話でもありません。大事なのは、そんなことじゃないでしょう？」

「あとはもう飯塚さん、あなたが考えることです。これは私の人生ではなく、あなたの人生なのですから」

「……」

五分後、飯塚は面接室を出て行った。

しばらくして、川田が口を開いた。

「正しい。正しくない」

そう、つぶやくように言った。そして少し笑み、真介を見てきた。

「それって、何ですか？」

真介は思わず苦笑した。

おいおい。ポイントは、そこかよ。

知らない、と答えた。「ま、ヒトに迷惑じゃなきゃ、その人その場合に、よるんじゃない。少なくともおれはそんなもん、知らない」

川田は、また笑った。

「たしか～に」

6

今日もまた会社を早上がりし、気がつけば吉祥寺に向かっていた。

今日は、妻にはメールを入れなかった。

あの村上とか言う面接官に言ったとおり、彼女からは三週間前の居酒屋で、

「あなたが好きなようにしていいよ」

と、言われた。そしてまたビールを少し飲むと、

「いや。違うかな」と微笑んだ。「仮に、将来悔やむことがあったとしても、あとあと納得できるように、自分なりに結論を出すってことかな。だったら、あたしはいいよ」

そのとおりだ、と思う。

だからもう、妻との間で合意は出来ているのだ。

だが、おれにはその決断が、今も出来ていない——今も迷い続けている。揺れ続ける気持ち。その根底にあるのは、いったい何なんだ。

そう思いつつも、公園通りを歩いていき、『アルカディック』の扉を開けた。

背後でベルの音が鳴り、奥にいた彼が顔を上げ、微笑んだ。

正樹もなんとなく笑い返し、彼の前のスツールに座った。

例によってグラスに水を注ぎつつ、彼は言った。

「あの歌、メロディに合わせて、なんとか弦をかき鳴らせるようになりました」

「へえ」

「と言っても、すごく下手ですけど」と、今度は照れ笑いを浮かべた。「飯塚さんのようには、とてもとても」

ふと思い出す。あの面接官の言葉――。

実力と才能は、似て非なるものです。

そして、この前吐いた、自分の言葉。

つまるところ音楽は、テクニックじゃない。

……一見、同じことを言っているようにも思える。しかしおれの言葉には、決定的に何かが不足している。

ふと、目の前の男に聞いてみたくなった。

「ねえ、才能って、なんだろう？」

すると彼は、冷蔵庫に戻そうとしたエヴィアンを持つ手を、一瞬止めた。手早く冷蔵庫にしまうと、こちらを向いた。

「実はぼくも、この前からそのお話をしたいと思っていました」そう、真面目な口調で言った。「この話は、高校卒業以来、ほとんど口にしませんでした。したくなかったからです。むろん、ここに来るお客さんにも、洩らしたことはありません」

「……」

「ぼくは中学時代、短期間ですが、スペインとドイツに行っていたことがあります。公的機関からの援助を受けた、一種の留学みたいなものです」

え？

中学時代。ドイツ。スペイン。短期間……。

だが、明らかに語学留学ではない。そういう年齢でもないだろうし、第一ドイツ語とスペイン語では明らかに文法も違う。しかも、公的機関からの援助……。

正樹の知識の中での、ドイツとスペインの共通項。

不意にひらめいた。

思わず、まじまじと相手の顔を見る。それでも口は動いた。

「ひょっとして、サッカー？」

相手は、ゆっくりとうなずいた。

「そうです。アンダーフィフティーンの日本代表でした。ポジションはＭＦ《ミッドフィルダー》。背番号は10でした」

絶句する。十五歳以下とはいえ、日本代表のチームの要《かなめ》だったのだ。

「小学生時代から、暇さえあればボールを蹴《け》っていました。とにかくボールを蹴ってさえいれば、楽しかったんです」

続く彼の話によると、サッカーの試合や練習が終わった後も、日がとっぷりと暮れるまで一人でゴールポストに球を蹴りこんでいたという。

それでも飽き足らず、近場で良い練習法はないかと必死に考えた。

小学校四年生のときだ。

見つけたのが、家の前にある電信柱だった。五メートルほどの距離を置き、ボールを蹴る。正確に真正面に当たれば、ボールは足元に帰ってくる。それを完璧《かんぺき》にマスターするのに、二年かかったという。

今度は、さらに高度な練習法を自分に課した。真正面からわざと少しずらして、ボールを蹴る。当然ボールは、彼の斜めに帰ってくる。その位置を先読みして、蹴った直後にすぐさま移動し、また足裏でボールをキャッチする。

だが、この練習法は相当難しかったという。

「結局、これは最後まで完全には出来なかったですね」

そう言って、目の前の彼は笑った。

だが、正樹は、聞いているだけで鳥肌が立った。ここまでの努力。ここまでの執念。

「でも、それぐらい練習をすれば、それなりにはなってくるものです。だから、中学時代には協会から留学させてもらえるようなレベルにまでは、なりました」

高校は、地元の山梨にあるN山高校に行ったという。

山梨のN山高校……多少サッカーを見ている人間なら、誰でも知っている。全国高校サッカー選手権大会のベスト4、ベスト8の常連校だ。そこでも彼は、背番号10のレギュラーを張りつづけた。

「本当に楽しいのは、自分がピッチの王様になれる瞬間っていうのが、年に一回か二回、あるんです。もう、思ったとおりに球が出せて、それがチームメイトの足元にぴたりと収まる。自由自在にゲームをコントロールできているという全能感。地上百メートルぐらいから、ピッチが見えている神の感覚。もう、そのときだけは、地球は自分を中心に回ってるんじゃないかっていうぐらいの快楽でした。地軸が、自分の二本の足元にあるっていう錯覚……ぼくは、セックスも含めて、未《いま》だにあれ以上の快感は味わったことがありません」

しかし、高校三年生の夏のことだ。

埼玉のU高校と練習試合をした。相手の10番をつけたMFは、まだ一年生だった。

決して彼の調子は悪くなかったという。

しかし、完敗だった。束の間でもゲームを支配することさえ出来なかった。ピッチの王様は、その一年生だった。

同じような経験を、もう一度その夏にした。今度は静岡のH高校。またしても10番の一年生に、完膚《かんぷ》なきまでに叩《たた》きのめされた——。

正樹は思った。

彼がたぶん現在、三十七歳前後。ということは、その彼らは今、三十五歳。

たしか十数年ほど前、当時の二十三歳以下のオリンピック代表は、日本プロサッカーの黄金世代と呼ばれていた。アトランタ大会でブラジルを破ったのも、彼らだ。

……つい、聞いた。

「その、二人の名前って」

彼は、その二人の名前を告げた。正樹も知っていた。

二人とも、Jリーグで華々しくプレイした後、それぞれドイツとオランダの一部リーグに移籍した選手だ。そしてそこでも活躍し、今ではふたたびJリーグに戻ってきているとはいえ、それぞれのクラブチームでまだレギュラーを張っているはずだ。

「つまり、そういうことです」目の前の彼は言った。「上には上がいる。そしてその距離は、とうていぼくレベルの才能じゃ埋められない。単なる練習試合でしたけど、それでもはっきりと感じたんです」

つまり、と彼は繰り返した。

「例えばぼくが年間三十試合のうち、ピッチの王様になれる瞬間が一度か二度あるとします。でも、彼らはおそらく、その王様になれる瞬間が、十回とか二十回とかあったんだと思います。それが、才能の差なんだと感じました」

以来、彼はサッカーを止《や》めたという。サッカー番組も、Jリーグ中継も、およそサッカーに関する情報をすべて自分の日常からシャットアウトした。

そうなっていたかもしれない自分……見たくなかった。見るのが、身を切られるように辛《つら》かった。

もって生まれた才能が、その技術が圧倒的に違っていた。

そう、無理やり自分を納得させていた。

「でも、つい去年のことでした。偶然、友人の家で、Jリーグ中継が流れていました。咄嗟に目をそらそうとしました。ですが無理でした。その瞬間に画面に映っていたのは、あのU高校の彼でした。もう彼も、三十五歳になっていました。試合は、0－3で負けていました。相手の10番をつけたMFは二十五歳。現在の日本代表です。歳《とし》の差は十歳。すでに後半の三十分過ぎでした。額から汗びっしょりの彼が、画面に映っていました。思うようにゲームをコントロールできていないことは、見た瞬間に分かりました」

「……」

「それでも彼は、スコアは0－3のまま、ロスタイムに入っても懸命に走り続けていました。そのときに、はっきりと分かったんです」

言いつつ、不意に彼は微笑んだ。

「この前言いましたよね、飯塚さん。『音楽は、テクニックじゃない』って」

そして、もう一度、今度は少し歯を見せて笑った。

「そう。サッカーも最後には、単なる技術じゃない。結局は、気持ちなんです。次々と見せつけられる実力の差やセンスの壁に、それでも挫けずにその行為をやり続けるに値する、自分の中の必然です。それがあるかどうか。その気持ちだけが、その必然に支えられた情熱こそが、絶え間なく技術を支え、センスを磨き、実力を蓄えてくれる。また、それらの裏付けがあるからこそ、さらに情熱を持って長くやり続けられる。

それが、才能なんだって」

不意に、泣きたいような気分に襲われた。

……彼は今、言葉こそ違え、あの面接官と同じことを言っている。

ああ、と思った。

ようやく、分かった――。

おれはただ、ずっと自分を誤魔化《ごまか》してきただけだ。


一時間後、正樹は店を後にした。

最初は駅までの道をゆっくりと歩いていたが、次第に早足になり、駅が見えた頃にはほとんど小走りになっていた。

妻にも連絡はいれず、出発間際《まぎわ》の井の頭線に飛び乗って自宅への帰路を急ぐ。

そう……確かに妻のことは好きだ。月並みだが、愛している、と言ってもいい。これからもずっと一緒にいたいと思っている。

だが、これは何よりもまず、自分の問題だ。

部屋に入るなり、服も着がえずにパソコンの電源を入れる。

画面が立ち上がってくる間にも、思い出す。

もう四半世紀も前の記憶……当時、正樹たちは大学二年生だった。

長年やってきたバンド小僧の例に漏れず、プロデビューを激しく渇望していた。それまでこなして来たライブハウスでの活動でも、確かな手ごたえを感じていた。

当然、それは『ノー・ゲス』のメンバーも同様だった。ハヤマのロッコン。書類審査もパスし、関東地区の一次オーディションもクリアし、みんなが自信満々だった。

そんな二次オーディションの会場で、偶然、彼女と出会った。

気が付いたときには、パソコンが立ち上がっていた。ネットを開き、グーグルのサイトに文字を打ち込む。

龍造寺《りゅうぞうじ》みすづ。

それが、彼女の名前だ。やはり、変な名前だと思う。でも、これが彼女の本名だった。

しかし、エンターキーを押す前に、もう一度ためらう。

見たくなかった。羨望《せんぼう》ではない。ましてや嫉妬《しっと》でもない……。

現在の、彼女を知るのが恐ろしかった。

つい目を瞑《つむ》る。気を静めることに努めた。

あの二次オーディションでは、北海道、東北、関東、北陸など、全国の九ブロックから優勝と準優勝の二グループずつが、勝ち上がってきていた。

それら十八組、計五十数名ほどの応募者に、三つの待合室が用意されていた。

正樹たち『ノー・ゲス』が振り分けられた第三待合室の大部屋に、彼女はいた。

他の参加者たちはみな、軽い興奮と緊張状態だった。わいわいと語り合っているグループばかりの中に、彼女だけが、ぽつんと一人でいた。リノリウム敷きの床に腰を下ろし、膝小僧《ひざ》を抱えていた。

赤いニット帽の下の顔は整っているが、明らかにまだ幼かった。化粧っ気も全然ない。服装も同様だ。着古した青いダンガリーシャツに、下も、これまたくたくたになったリーヴァイスのジーンズ。足元はオリーブ色のデッキシューズ……まるで普段着そのものだ。ちょっとコンビニに買い物に来ました、といった格好だった。

そして、その彼女の脇《わき》には、大きなラジカセ。

この晴れの日に気合を入れて着飾ってきた周囲の中で、彼女だけが異星人だった。軽くうつむいたまま、視線を床に這《は》わせている彼女。

その周囲だけが、モノトーンに見えた。時間が止まっていた。まるでこの地球上に、彼女は一人ぽっちで存在しているように見えた。

どうしてだろう、気がつけば正樹は、コーラの缶を片手に、彼女に近づいて行っていた。

やあ、こんにちは――。

たしか、そんな呼びかけをしたように記憶している。

やや驚いたように彼女が顔を上げる。そういえば、この会場に入ってから誰一人として彼女に声をかけている人間を見なかった。

正樹は彼女の前にしゃがみ込みながら、笑いかけた。

「ここ、自販機までけっこう遠いからさ」

そう言って、コーラを差し出した。

「よかったら、あげるよ」

あ……という表情を彼女は浮かべた。そして次の瞬間、ぎこちなく笑った。「ありがとう」

その口調。かすかに訛《なま》っている。たぶん西のほう。

「ぼくら、関東ブロックの代表なんだ」

言いながらも正樹は背後のメンバーたちを振り返り、手を上げてみせる。仲間もこちらに向かって軽く手を振り返してくる。目の前の彼女も、少し笑った。だが、手は振り返さなかった。内気なのだ、と感じる。

「君は、どこのブロック？」

「九州ブロックです」彼女は言った。そしてこう続けた。「九州の、佐世保」

「長崎県の？」

「はい」

つまり、そこで生まれ育ったということを言いたいらしい。

そっか、と正樹はうなずきながらも、改めて手を差し出した。

「ぼくは飯塚。飯塚正樹。今二十歳。いちおう『ノー・ゲス』ってバンドのヴォーカル」

差し出した正樹の手を軽く握り返しながら、彼女も答えた。

「うちは、龍造寺みすづ。もうすぐ十九です」

うち——たぶん、自分は、ということだろう。あちらの方言では、自分のことをそう言うのか。それにしても、この感じでもうすぐ十九歳とは恐れ入った。その人馴《ひとな》れしていない感じ。明らかにもっと幼く見える。

彼女は黙って正樹を見ている。だが、嫌な感じではない。

何かもっと話したかった。正樹は言葉を続けた。

「ぼくら、出番は十二番目だけど、君は？」

「十四番目です」

「そっか。じゃあぼくらの二つ後だね」

「はい」

しかし、ふたたび会話は途切れた。

……なんとなく気まずい。

「じゃあ、お互い頑張ろ」

そう言って、立ち上がりかけた。

あ、と彼女が半ば腰を浮かせ気味にして、缶コーラを持ち上げた。

「これ、どうもありがとうございます」

いいよ、と正樹は笑った。「ま、お互いに最後まで行けるといいね」

すると彼女は、初めて白い歯を見せた。

「はいっ」と。


……メンバーのいる場所に戻ったとき、ベース担当の男が話しかけてきた。

「おまえ、今あの女と何をしゃべってたんだ」

特に何も、と正樹は答えた。「挨拶《あいさつ》程度。同じ出場者だし、お互いに頑張ろ、って」

相手は、かすかに眉《まゆ》を寄せた。

少し不安になる。

「なんだよ？」

つい聞いた。するとベースの男は、正樹の目を正面から覗《のぞ》き込んできた。

「おまえ、一人ぽっちでいる彼女に、少し同情してたろ」さらにこう続けた。「つまり、言い方は悪いが、自分より下に見てたろ」

つい言葉に詰まる。あるいは、そうなのかもしれない。

正樹が黙っていると、相手は顔をしかめた。

「たぶんあの女、ラジカセ一個にあんな格好だが、おれの勘だと、ただもんじゃないぞ」

正直、驚いた。思わず聞いた。

「……なんで、そう思う？」

「入ってきたときに見た。あの女の歩く姿。そしてそのまま、すとん、とあの壁際に腰を下ろした」

正樹は少し苛立《いらだ》つ。

「だから、それがなんなんだよ」

相手はふたたび顔をしかめる。

「おれが剣道三段なのは、知ってるだろ。はっきり言ってバンド歴よりキャリアははるかに長い」

「だから？」

「あの女、あんなバカでかいラジカセを片手にぶら下げているにもかかわらず、実にすたすたと歩いてきた。背中の中心線に少しの歪《ゆが》みもなかった。歩いているとき、手足はさかんに動いているのに、腰も頭部も、微塵《みじん》も位置がブレなかった」

「……」

「ついでに言えば、すとん、とまるでどっかから落ちるような速さで腰を下ろした。だが、下ろし切る直前で、完全にそのスピードが止まった。手もつかずにな。たぶん全身に、黒人みたいなバネがある」

「……」

「あの女、踊りも相当にこなすはずだ。もし歌もそうだとしたら、かなりヤバいぞ。下手したら、おれたち喰われちまう」

オーディションが始まった。

ハヤマ東京本社の大会議室。

正樹たち『ノー・ゲス』はいつもどおりのテンションで、持ち歌二曲の演奏を終えた。変に緊張することもなく、テンションを上げることもなく、いつもどおりにやろう、という事前の了解が、バンドの中であった。普段どおりにさえやれば、まず失敗はしない。そしてミスさえしなければ、最終審査までいく自信はあった。

果たして演奏が終わると、審査員の背後にいる同じ出場者たちからも、ぱらぱらと拍手が沸いた。潜在的ライバルたちからの拍手。たとえそれが少しでも、充分な手ごたえだった。

その中に、あの龍造寺みすづの姿もあった。彼女はただ、こちらを見て微笑んでいた。

やがて、彼女の順番が来た。

ラジカセ片手に審査員の間を通り、壇上に上っていく。

ラジカセを脇に置き、口を開いた。

「九州ブロック優勝の、龍造寺みすづです。よろしくお願いします」

これまで演奏してきた各組は、ほとんどが四人ほどのグループで、最小単位でもデュオだった。一人なのは、彼女だけだ。今もぽつんと、壇上に立っている。

実演前の質疑が始まる。

「君は一人で来てるけど、他に一緒にやってきたメンバーはいないの？」

さっそく審査員の一人から質問が飛ぶ。

「あ、はい。一人です。今まで、定期的に組んだメンバーはいませんでした」

その意味不明な答え。のっけから審査員が少しざわつく。

「え、それはつまり、正式にはバンド活動をしたことがないってこと？」

「はい」

今度は出場者も含め、部屋全体がざわついた。当然だ。正式なバンド活動もしたことがない。そんな人間がいくら田舎とはいえ、あの広大な九州ブロックで優勝など出来るものだろうか――もし口に出せば、そんな疑問だろう。

「じゃあさ、君、そのラジカセの中に入っているバックは、誰が演奏してくれたの？」

「つい最近まで、よくセッションしていた人たちです」

さらに部屋全体のそこかしこから失笑が湧《わ》いた。今度は「人たち」ときた。その距離感。つまりは、その時々の寄せ集めに過ぎなかったメンバーの演奏をバックに歌うということだ。これには審査員も数人が大げさな溜息をついた。

彼女は、相変わらず一人で壇上に立っている。

審査員の質問が続く。

「失礼だが、君は一体、人前で歌ったことはあるんですか」

「はい」

さらに次の質問は、矢継ぎ早に意地悪さを増した。

「それはどんな場で、何歳の頃から、どんなふうに、どんな曲を？」

明らかに軽んじられていると感じたのだろう、彼女の顔色が少し変わった。

「六歳の頃から人前で歌っていました。曲はR&Bばかりです。場所は、佐世保のベース脇にある叔父さんの飲み屋です。米兵相手の店です。黒人ばかりが客でした。奥には小さなステージもありました。そこで彼らと一緒に、ずっとこの前まで歌っていました」初めて聞く、彼女の長いセリフだった。「だから、懸命に演奏を吹き込んでくれたのも、彼らです」

あたしはいい。でも、あたしを育《はぐく》んでくれた周囲の環境まで、バカにするな——。

言外に、そんな強いニュアンスが感じられた。その言葉の端々に、触れれば切られるほどのプライドが窺《うかが》えた。

依然、会場はざわついている。

が、今度はそのニュアンスが違った。

ちょっと想像すれば、誰にでも分かることだ。

本場の米兵を相手に、六歳の頃からR&Bを現在まで歌い続けていた。つまりは彼女自身が、それを聴衆からずっと許される立場にあった。

こほん、と審査員の一人が咳払《せきばら》いをした。

「質問を変えましょう。龍造寺ってのは、変わった苗字《みょうじ》だね」

はい、と彼女はうなずいた。「昔から、言われます」

「戦国時代の後期だったかな、たしか、九州の西部を支配していた龍造寺っていう戦国大名がいたよね。君は、その末裔《まつえい》か何かかな？」

「ごめんなさい。先祖の謂《いわ》れは、よく知りません」

「両親からも、聞いたことがない？」

この返事は、一瞬遅れた。

「親は、二人ともいません。叔父さんの家《うち》で育ちました」

その審査員は、もう一度気まずそうに咳払いをした。

「そっか……ちょっと悪いこと、聞いちゃったかな？」

「いいえ」彼女は少し笑みを見せ、さらりと答えた。「慣れていますから」

徐々に、部屋全体の空気が変わりつつある。

——下手したら、おれたち喰われちまう。

正樹たち出場者はむろんのこと、居並ぶ審査員たちも、壇上のたった一人の彼女の存在感に、徐々に気圧《けお》され始めていた。

「じゃあ、そろそろ始めてもらいましょうか」

はい、と彼女はうなずき、ラジカセの再生ボタンを押した。

かなり大きなボリュームでイントロが流れ始めた。

ほぼ同時に始まったベースの弾《はじ》けるような弦音と、サックスの澄み切った音色。グルーヴするパーカッション。録音とはいえ、素晴らしい精度——だが正樹は、あっ、と思った。

そのイントロだけで分かる。マーヴィン・ゲイの『ホワッツ・ゴーイング・オン』——。

無茶だ、いくらなんでも。

一見簡単そうなメロディとリズムに感じられて、その実この歌をちゃんと歌いこなせる人間を、正樹はまだ一度も現実に見たことがなかった。うまく言えないが、どんなにうまい奴《やつ》が歌っても、必ず失敗する。というより、歌い手に何か決定的なものが足りないのだ。メロディやリズムの問題ではない。マーヴィン・ゲイが歌っているその本質が、ニュアンスが、悲しみが、全然伝わってこない。

事実、正樹もそうだった。何度歌ってみても、何故《なぜ》か途中でいつも絶望的な気持ちになる。結果、必ずぐだぐだになる。

が、彼女は平然と歌い始めた。その声が、なめらかに舌の上で踊り出す。

途端、驚愕《きょうがく》が部屋全体を襲った。

♪

マァーザ　マーザァ
ズエアーズ　トゥメニ　オブユ　クラーイン
ブラザ　ブラザ　ブラーザ
ズェァズ　ファトゥメニイ　オブユ　ダァ〜イン
ユーノウ　ウィブ　ゴットゥファインダウェイ
トゥーブリン　サムラヴィン　ヒア　トゥディ　♪

がんっ、と脳天をぶん殴られたような衝撃——そこらじゅうにある空気の分子がビリビリと震え始める。その声量。その声音。その響き。そのリズム。何かが全然違う。

残酷なまでに圧倒的な、歌い手としての磁力——全員の目を釘付《くぎづ》けにさせる。審査員の一人が持っていたペンが、その指先からポロリと落ちる。他の面々もほとんどがあんぐりと口を開け、呆然《ぼうぜん》と壇上の彼女を見上げている。

彼女は歌いながらもかすかに笑みを見せる。

ますます歌声が伸びてくる。ついには部屋全体を覆《おお》い尽くす。その両腕が、独特なリズムを刻み始める。両肩も波打っている。ぴたりと動かない腰。しかし両足はステップを踏んでいる。まるで強力な磁石に吸い付けられる砂鉄のように、ごく自然に正樹の体もリズムを取り始めていた。

♪ピケッラインアンピケッサイン
ドン　パーニシュミー　ウィ　ブルターリティ
トークトゥミー　ソ　ユーキャンシー
オー　ウァッツ　ゴーイノン
ウァッツ　ゴーイノン　ウァッツ　ゴーイノン♪

出場者たちは今や、総立ちの状態だ。めいめいに体全体でリズムに乗っている。手拍子が加わり、ごく自然にバックコーラスが起き、ついには靴底の音までが一斉に部屋全体を揺らす。彼女は両腕を上げ、下半身をうねらせながら歌い続ける。

♪　オー　ウァアッツ　ゴーイノン
　ウァアッツ　ゴーイノン　ウァアッツ　ゴーイノン　♪

最後にはサビの部分で大合唱になった。これではもう、審査もへったくれもない。

不意に、「ディーバ」という言葉が心をよぎる。

人の心を鷲掴《わしづか》みにして離さない——ある意味傲岸《ごうがん》で、生意気で、孤独な歌姫。

——今でも昨日のことのように、鮮やかに覚えている。

結局、最終のコンテストでも、彼女は圧倒的な支持を集めて優勝した。準優勝の正樹たちは、完全に脇役だった。

悔しさもなかった。涙も出なかった。ここまで歴然とした実力差を見せつけられれば、かえってせいせいした。準優勝はしても完敗だ、と感じた。

最後に、彼女のところまで近寄って行き、握手を求めた。

おめでとう、よかったね、と。

すると彼女はにこりと笑った。

ありがとう。

正樹はようやく目を開いた。

龍造寺みすづ……エンターキーを押す。一瞬にして四十数万件のタグがヒットする。思わずほっとする。救われたような気分になる。まだ四十万件オーバーのヒットがある。

そのうちのウィキペディアのタグを押す。

龍造寺みすづ。本名同じ。

一九六六年、十二月八日　長崎県佐世保市生まれ。

一九八〇年代後半から一九九〇年代前半にかけて、R&Bやゴスペルのエッセンスを取り入れた斬新《ざんしん》な歌い方、画期的なリズム感のステージパフォーマンス、圧倒的な歌唱力で一世を風靡《ふうび》する。

現在はライブを中心に活動中。

だが、それだけだ。その後に続く文章はない。

さらにその下のディスコグラフィを見る。

一九八〇年代後半からの十年弱は、洪水のようにシングルとアルバムがリリースされている。だが、一九九〇年代の半ばから徐々にそのリリースが減り始め、最後のアルバムは一九九八年に発表。シングルも二年のブランクを経て二〇〇二年に出したっきりだ。

以来、新作はない。

当然だ、と思う……。

ロッコンに優勝してからちょうど一年後だった。

突如として彼女は様々なメディアに露出し始めた。髪をばっさりと切り、メイクもきっちりと施されて、一年前とは見違えるような大人の女に生まれ変わっていた。

ファッションもそうだ。当時流行《はや》っていた肩パッドのガチガチに入った極彩色のステージ衣装。あのニット帽にダンガリーシャツ、デッキシューズの出《い》で立《た》ちだったラフな彼女の面影は、もうどこにもなかった。

透き通るように圧倒的な歌唱力もさることながら、体全体で独特のリズムを切るその激しいステージパフォーマンスに、その美貌《びぼう》に、若者たちは圧倒された。

次いで、熱狂した。

デビュー一曲目からたちまちヒットチャートに躍り出て、いきなりトップミュージシャンの仲間入りをした。彼女はその後も立て続けにヒットを飛ばした。

だが、時おりテレビの中で見る彼女は——少なくとも正樹にとっては——あの時の彼女ではなかった。

確かに、すべての意味においてステージ上のパフォーマンスは凄《すご》かった。

しかしその激しい動きからは、あのオーディションで見せていた輝くような喜びは、何故かもう感じられなかった。

その圧倒的な肉声から伝わってくるのは、少なくとも正樹にとっては、言いようのない悲しみと、まるで抜け道のないような息苦しさだけだった。

ステージ上の彼女の笑みは、いつもかすかに強張《こわば》っていた。今にして思えば、彼女はすでにデビュー当時から、心のうちで悲鳴を上げていたのだ。

やられたのだ、と思った。

所属したプロダクションの、美人シンガーとしての方針に。レコード会社の示す、本人の意思とは違うところにあるイメージ作りに。

彼女に出来たことは、歌うことだけだった。作詞も作曲も出来なかった。あるいは持ち込んでも、受け付けられなかったのかもしれない。

確かに当時のみすづの曲は、R&Bやゴスペルの要素を取り込んだ、斬新な楽曲だったと思う。しかしそれでも曲調の軸足は、純然たるジャパニーズポップスにあった。

ましてや歌詞は、恋愛路線の一本槍《やり》……あの『ホワッツ・ゴーイング・オン』に見られるような、戦争への悲しさや、人種差別からくる憎しみや無理解、暴動への虚《むな》しさ、それでも祈らずにはいられない相互理解への道……そんな大きな愛を歌った歌詞など、ひとかけらもなかった。

ブラックミュージックなど一般大衆には受けない。理解されない。ましてや本格的なR&Bなど、もってのほかだ。

おそらくは、そういう判断だったのだろう。

ある意味、それは正しい。

時代はまだ、そんな彼女の志向に追いついてきていなかった。だから彼女を純然たるポップスターとして戦略的に売り出した。そして、結果として成功を収めた。

だが、やはり彼女は苦しんでいたのだと思う。自分の本当の居場所を見つけられずに、ずっともがいていたのだと感じる。

事実、音楽番組に出ているときの彼女は、自分のステージのとき以外は、あれだけ売れていたのにも拘《かか》わらず、いつも所在無げで、おどおどとした感じだった。挙句、『普段はと〜っても暗い女・龍造寺みすヾ。そのあまりにも不遇な幼少時代』などと言う、写真週刊誌の見出しも見た。

プロって、こういうことなのか、と思った。懸命に頑張ってみたところで、結局はこういう扱いをされるのか、と。

激しく失望を感じた。恐くもあった。

それでも音楽から完全に離れる度胸はなかった。だから正樹は、大学四年の就職戦線終了の間際になって、ハヤマの入社試験を受けた。

以来、音楽番組を見ることは、十年ほどなかった。

その間に、彼女はテレビの画面の中から完全に消滅していた。新曲が人の噂《うわさ》になることもまったくなくなっていた。

もう一度、前の画面に戻る。

今度は彼女のオフィシャルサイトを開いた。しかし、本人の最近の画像はどこにもない……そっけないほどの造りだった。

一番上にあったインフォメーションの項目を開ける。

ここ一年ほどの活動の足跡が、上から新しい順に並んでいた。

房総・一宮海岸夏祭り。特別ゲスト。

……つまりはイベント会場の盛り上げ役として、歌を数曲披露する。

群馬県高崎市ショッピングモール『キャンティ』二階中央スペース。ミニライブ。

……この手の無料公開ライブには、その後のグッズやCDの手売り販促が必ず伴う。

横浜ライブハウス『ケンタウロス』。二十五周年アニバーサリー・ライブ。

静岡県沼津市ショッピングモール『ウオッソ』一階広場。ミニライブ。

レコードショップ『遊星堂』伊勢原店。プレミアムイベント。

土浦ショッピングモール『ヤック』一階中央広場。ミニライブ。

名古屋・栄ライブハウス『セブン』。二十五周年アニバーサリー・ライブ。

高知市・鰹《かつお》フェスティバル。特別ゲスト。

横須賀ライブハウス『アミータ』。二十五周年アニバーサリー・ライブ。

『名倉楽器』池袋本店七階イベントスペース。ミニライブ。

播磨《はりま》灘《なだ》・菜の花祭り。特別ゲスト。

……いわゆる集客目的の、無料イベントへの出演がかなり目立つ。つまりは客寄せだ。たまにあるライブハウスでの演奏も、二十五周年アニバーサリー・ライブと銘打つわりには、場所も微妙だ。都内中心部でのライブが一つもない……。

しかし、それでも途切れることなく彼女の活動は続いている。

二番目の、ニュース項目をクリックする。

主にラジオ番組への出演情報。これも、一ヶ月に一度ほどの割合で、地方・在京、FM・AMを問わず、ゲスト出演が続いている。ごくまれに、電話口でのゲスト出演というものもあった。

半年に一度ほどの割合で、BSあるいはCS系の音楽番組にも出ていた。いわゆる『懐《なつ》かしの80's《エイティズ》・J-POP』的な特集番組だ。すっかり過去の人としての扱い。

だが、彼女はその手の番組にも、五年ほど前からコンスタントに出演し続けている。

おそらくは依頼がある限り、歌い続けているのだ。

ふと閃《ひらめ》いた。ひょっとして、と思う。

しかし、束《つか》の間《ま》ためらう。

あれから既に、二十数年が経《た》っている。年齢も、もう四十代の半ばだ……しかし、年齢が問題なのではない。

ユーチューブを呼び出した。検索欄に『龍造寺みすづ』と打ってみる。

たちまち三百件ほどがヒットした。

さらに検索欄にスペースキーを入れ、最もヒットした曲名を入れる。

今度は五十件ほどに狭められる。

検索オプションを呼び出し、アップロード日を優先で並べ替える。次いで、機能からHD——高解像度モードをチョイスする。さらに十件ほど減り、さっき上のほうにあった画像がふたたび並べ替えられる。

読みがあった。もし最近の投稿映像なら、おそらくはHDモードで投稿してあるはずだ。そして、最新のテレビ出演は、四ヶ月前——。

上から順に小さな枠の中の画像を見ていく。若い頃の顔が大写しになっている画像やジャケット写真、イメージ画像と思《おぼ》しきものは、すべて素通りしていく。

と、八番目にそれらしきものがあった。

最近の照明設備と思しきライトに照らし出されたステージが映っている。アップロード日も、ちょうど四ヶ月前……。

クリックする。

そのステージの下に彼女の名前と曲名のテロップが出た瞬間、ビンゴっ、と思わず心の中で唸《うな》った。

明らかにここ数年の流行を押さえた、書体の飾り外枠。そして音のクリア度もユーチューブにしてはかなり高い。

いきなりだった。

どんっ、とマイクを口元に寄せた彼女の顔が大写しになった。

途端、記憶の映像の中にあった彼女のイメージとの落差に、愕然とした。危うく椅《い》子《す》から転げ落ちそうになった。

そこに立っていたのは、まぎれもなく中年の顔つきになった一人の女だった。ふっくらとした頰。かすかにくびれ気味になった顎《あご》。全身もそうだ。明らかに肉付きが良くなっている。若い頃とはまったくイメージが違って見えた。

が――。

さらに彼女の顔に見入る。

だからと言って、決してみっともないわけではない。貧乏臭くもない。パンツとブラウスという地味な服装なのに、むしろゴージャス感は昔より格段に増している。年を重ねることにより、若い頃は単なる美人でしかなかった顔に、色気という脂身《あぶらみ》が充分に廻り始めている。事実、非常に色っぽい。まさしく大人の〝女〟だ。

これは、と少し感動する。

元々は年増《としま》好みでもない自分が見てもそう感じるのだから、男女を問わず、他の誰が見てもほとんどがそう思うだろう。

そして、歌い出した瞬間、さらなる衝撃が正樹を襲った。

その声は以前にも増して、圧倒的な声量に進化していた。そこらじゅうが音のスコールだ。その肉声が、バックの演奏の音をはるかに凌《しの》いでいる。昔は出ていなかった野太い低音もウーハー並みに、マイクを通じてびりびりと響き渡ってくる。PCの小さなスピーカーが今にも弾け飛びそうなくらいだ。

何よりも驚いたのは、その表情だった。

歌っている途中で、時おり白い歯並びがくっきりと映し出される。光り輝いている。いや、訂正。照り輝いている。もう昔の暗さなど、微塵も感じさせない。

あのオーディションのときよりも、数倍艶《あで》やかに笑っていた。また、その表情に連動して、声も伸びに伸びてくる。単なるPCから出てくる音が、正樹の座っているリビング全体を覆いつくす。限界知らず。まるでゴスペルだ。

今こうして歌える喜びが、彼女の全身からはっきりと溢《あふ》れ出している。ゴージャス感がさらに増す。今度は本当に光り輝いて見える。

彼女の中で、もう完全に何かが吹っ切れているのだ。デビュー前のふてぶてしいまでの自信を、完全に取り戻している。

分かる。彼女はその歌い方に、徹底的にR&Bとゴスペルのアレンジを加えていた。そしてその手法を、完璧《かんぺき》に自分の手の内に入れていた。だから、基本はJポップの曲調が、二十五年も前の昔の曲が、今の彼女の手にかかると、こんなにもモダンなR&Bに生まれ変わる。まるで最新のヒット曲に聞こえる。

たぶん、ここまでのパフォーマンスを新たに生み出すためには、長年にわたって信じられないほどの努力を地道に積み重ねてきたはずだ。おそらくは、周囲のバックアップ体制もほとんど得られない状況の中で、決して諦《あきら》めることなく。

そして、それこそが彼女の才能だ。

おぉ……。

感動のあまり、思わず涙ぐみそうになる。

これは、歌い手として本物だ。

いや、いつの間にかすっかり本物に生まれ変わっていたのだ。

まさしく正真正銘のディーバ。しかも未《いま》だ現役バリバリの。

おおぅ――っ。

ついに堪《たま》らず正樹は一人、雄叫《おたけ》びを上げた。興奮のあまり、思わず両手でテーブルを叩《たた》いた。

「カッコいい〜っ！」

そう。格好がいい。

　映像の中の彼女は、最高に格好良かった——。

待てよ。

興奮も冷《さ》め遣《や》らぬまま、今度はいそいそとアマゾン・ショップへと飛んだ。

7

例によって週末は、真介との外食だった。

しかもこれまた例によって、真介の大好きなタイ料理だ。ふん。最近明らかに、あたしの日常は、この男のペースに乗せられている。

でもまあ、いいか。あたしもタイ料理、嫌いなわけじゃないし。

目の前の真介は額に汗をかいている。それでもトムヤムクンのスープをせっせと口元に運び続けている。

ねえ、と陽子《ようこ》は呼びかけた。だが真介は、今度は海老《えび》を口に運ぼうと夢中になっていて気づかない。

「ねえっ――」

陽子はもう一度大きく呼びかけた。

ようやく真介が気づいて顔を上げる。

「ん、なに？」

だから、と陽子はつい口を尖《とが》らせた。「それで一体どうなったのよ、さっきの話の続きは」

「あ、あれかあ」

そう、いかにものんびりとした口調で言い、真介はナプキンで口元をぬぐった。

「最後はもう、びっくり。三次面接にやってきたときには、その彼、既に別の子会社への転籍の合意を、完全に取り付けてきてたんだよね。だからもう、クビもなし、発動機への転籍もなし。当然、その瞬間から、おれの出番もなし」

はあ、と思わず間抜けな声を出した。「でもさ、なんでいきなり、そうなっちゃうわけ？」

さらに説明した真介の話によると、こうだった。

なんでもその管弦打事業部の課長は、二次面接の数日後、本社人事部にも話を通さず、ハヤマの子会社であるレコード会社『ハヤマRCエンタテイメント』の社長に密《ひそ》かにアポを取り、面談を受けにいったのだという。

そしてそこから帰ってきたときには、既に八割がた転籍が決まっていた。その後、レコード会社内に、あるプロジェクトチームが立ち上がったという。むろん、彼はそのチームリーダーに収まった。

えっ、と思わず陽子はのけぞりそうになった。「そんな横車を押すような成功の仕方が、サラリーマンの社会で一体ありえるわけ？」

「おれもそう思った」いかにも不思議そうに、真介も同調した。「でも、事実は事実なんだ」

「ふぅ〜ん」

言いながらも思わず虚脱する。行儀が悪いと思いながらも、つい頰杖《ほおづえ》をついた。

そして改めて真介の顔を見る。目の前の相手は、相変わらず平然とした様子で、ふたたび海老を箸《はし》で摑もうとしている。

「きみ、君」

と、敢《あ》えて冗談めかして真介に問いかける。

「――でもそれってさ、真介にとっては悔しいことじゃないの？」

「悔しい？」真介は鸚鵡《おうむ》返しに繰り返した。「いや。全然」

「なんで?」

「むしろ、すごく嬉《うれ》しいよ」海老の殻を皿に捨てつつ、真介は答えた。「おれさ、最近よく思うんだ。彼らが本当に自分の納得する道を見つけてくれさえすれば、おれ個人の面接実績なんて、別にどうでもいいやって」

「……」

「おれの成績以前に、彼らが面接をきっかけにさらにいい方向に進んでくれれば、それは結果として間違いなく『日本ヒューマンリアクト』、そしてクライアント――お互いの会社にとっても非常に大きい利益に繫《つな》がる。今回は、その本当に理想的なパターン。だから悔しいどころか、まったく問題なしよ」

おうっ、と陽子はつい感嘆の声を上げた。

そして思わず言った。

「真介、あんた、いつの間にか、すっごく大人になったね〜っ」

「馬鹿《ばか》にすんなよ」真介も明るく笑った。「おれは昔から陽子よりはるかに大人だ。陽子がおれより勝ってんのは、単に年齢だけだ」

直後、ほぼ同時に二人で、あはは、と口を開けた。

8

――ざわついている。

会場が、だ。

静岡県富士宮市。ショッピングモール『ザックス』の一階にある、六階まで吹き抜けの中央広場。日曜の午後二時半――。

その奥まった部分にある特設ステージの周囲に、早くも人が集まり始めている。百人ぐらいだろうか。

イベント開始十五分ほど前になると、観客はさらに増え、目分量でも軽く二百人を超えた。ざわめきがさらに大きくなる。

やがてステージ上に、バックメンバーを従えて彼女――龍造寺みすづが現れた。

ぱらぱらと周囲から控えめな拍手が飛び、すぐに収まる。その客層。圧倒的に若い。

おそらくはこの観客の中で、全盛期の頃の彼女を実際に見ていた人間は、三割にも満たないだろう。また、見ていたとしても、当時の彼女を好ましい歌い手として捉《とら》えていた人間の数となると、はなはだ心もとない。それが、今の気のなさそうな拍手にも、はっきりと現れていた。

バックは四人。ドラムとキーボードとベース、サックスだ。それぞれが所定の位置につく。

その背後を確認し終わった後、彼女が、ステージ中央につかつかと進んでいく。

正樹は観客たちの後ろのほうで、腕を組んだまま、そんな彼女を眺めている。

彼女がマイクを手に取った。そして軽く咳払いをしたあと、観客に向かって顔を上げ、白い歯を見せた。

「みなさん、こんにちは。『龍造寺みすゞ』です」

そして、吹き抜けの最上部にある大きな天窓を、ちらりと見上げた。陽光に白く光っている。

「今日は、いい天気になりましたね。よかった」

が、自己紹介はそれだけで終わった。

いきなり演奏が始まった。彼女は歌い始めた。直後から、その洪水のような声量が会場を覆い尽くした。

最初のサビの部分を歌い上げつつも、彼女の顔は早くも完全に笑顔になっている。

さらに肉声が伸びる。高音が吹き抜けの最上階まで響き渡り、反響している。低音もそうだ。びりびりと地を這《は》うようにして立ち上がってくる。ここでもまた、バックの演奏をその声量が完全に圧倒している。

正樹は前後左右に視線を走らせる。

予想通りだった。今まで眠そうにしていた隣の若者も、つい先ほどまで脇《わき》の子供をしかりつけていた若い主婦も、みんな一様に度肝を抜かれたような表情を浮かべている。

好き嫌いではない。そういうレベルではない。ここまでの声量を聞かせられれば、人は通常、もうただひたすら驚くしかない。

いつの間にか手拍子が起こり始めた。実感として感じる。決しておざなりではない。両手で打ち鳴らされるその手のひらの熱さ。その音が次第に大きくなっていく。

彼女の笑顔に輝きが灯った。

二曲目。さらに軽いステージアクションを加え、彼女は限界の音域まで歌い上げる。それでも息はおよそ途切れるということを知らない。まるで余裕だ。

三曲目。もう聴衆の若者の中には、軽く踊り出している人間もいる。そのリズムにあわせ、意味不明の掛け声を上げ続けているヤンキーもいれば、キャッキャと笑いながら細い腕を突き上げている十代の女の子もいる。

四曲目。ついにサビの部分では、その曲を聞き覚えている観客たちが大声で歌い出す。広場全体が異常な興奮に包まれ、どんどんヒートアップしていく。

四曲目が終わった時点で、彼女は小休止を入れた。とたんに広場中から盛大な拍手が沸いた。会場のそこかしこから、口笛も鳴り響いている。

彼女は髪をかき上げて、にっこりと笑った。

「どうもみんな、ありがとう」

さらに拍手が大きくなる。口笛も鳴り響く。

やがてその周囲の音が少し静まってきたところで、さて、と彼女は話し始めた。

「最後に歌う曲は、私の持ち歌ではありません。昔、マーシー……マーヴィン・ゲイという偉大な黒人シンガーがアメリカにいました。その人の歌です。とても素敵な曲です。英語の歌詞の意味は、さらに素敵で、そして悲しいです」

そこでいったん言葉を区切ったあと、周囲を見回してもう一度白い歯を見せた。

「聞いてください。そして是非、ハートで感じてください。マーヴィン・ゲイの『ホワッツ・ゴーイング・オン』」

サックスの音が鳴り響き始める。ベースがそのテンポを、ドラムがそのリズムを上書きしていく。突如として彼女の声量がさらにもう一段上がる。天窓を突き抜けて、その声が青空にまで届いているような錯覚。

♪　母さん、母さんたち
泣いているあなたたちが多すぎる
兄よ、弟よ、友人たちよ
死んでゆく君たちがあまりにも多すぎる
だから、分かるよね
見つけなくちゃ
今ここに、愛をもたらす方法を

父さん、父さんたち
熱くなっちゃいけない
分かるよね、戦争は答えにならない
憎悪《ぞうお》を乗り越えるには愛しかない
見つけるんだ
今ここに、愛をもたらす方法を

ピケやプラカード
暴力で罰するのはやめてくれ
話しかけておくれ
そうしたら分かり合えるはず
何が起こっているのか
何が起こっているか
何が起こっている？
ああ、だから何が起こっているのか
みんなちゃんと話してくれ♪

あぁ、と正樹は思った。

彼女が何故、この歌にこだわり続けるのか。今その歌詞の意味を噛《か》み締めていて、初めて分かった……。

あの夜、アマゾンの中古ショップで探した。そして見つけた。一冊だけ発売された、彼女の自伝的エッセイ。早速注文した。本は翌日の夜に届いた。

その最初のほうに、こんな文章が載っていた。

気が付けば音楽がいつもそこにあった。怒りや憎しみや喜びや悲しみ。あるいは小さな希望。あるいは、もっと大きな絶望。私はそのリズムの中で生まれ、ブルースの中で育った。

一九七二年。佐世保。R&B。

いつもFENが流れている町の、ベース脇にある叔父さんの小さな飲み屋《クラブ》。

六六年生まれの私は、気が付けばナム行き前夜の米兵の前で、六歳の頃から歌っていた。

彼らに請《こ》われるまま、歌詞の意味も分からず、人生の意味も知らず、めちゃくちゃな英語で下手糞《へたくそ》な声を張り上げていた。

一ヶ月後には死んでいるかもしれない彼らの前で。

だから私は、歌い続ける。

……この『ホワッツ・ゴーイング・オン』がリリースされたのは一九七一年。

そして、その一年後の一九七二年から、彼女はクラブで歌い始めた。

ヴェトナム戦争は依然その勝利の兆《きざ》しさえ見えず、ますます泥沼化していた。

おそらくは、その本当の歌詞の意味も分からぬまま、黒人米兵たちのリクエストに応じて、この曲を歌っていた。

いくら悔やんでも、悔やみきれぬ思い……。

そういうことだ。

――やがて盛大な拍手と口笛に包まれて、彼女のミニ・ライブが終わった。

それまで熱狂に包まれていた聴衆たちがぞくぞくと広場から去り始める。

祭りの終わり。

そして、彼女はステージ脇のテーブルに、自主制作盤と思しきCDを自ら並べ始めた。

しかしそんな彼女に目を向けるものはほとんどいない。今味わった興奮と、財布の中身は、また別の話だというわけだ。

それでも観客たちが大方引けたあとの広場に、観客が十数人残っていた。ごく自然に列を成し、彼女のいるテーブルの前に並び始めた。

正樹も静かに歩を進めていき、その最後尾に並んだ。

少しずつ前の人間が進んでいく。十メートルほど先の彼女。ＣＤの表にサインをし、お金を受け取ったその手で、にこやかに握手に応じている。

思い出す。

子会社のレコード会社の社長に、直談判したときのこと。

挨拶《あいさつ》もそこそこに、正樹は土下座せんばかりの勢いで言った。

「ぼくを、是非ここに転籍させてもらえませんか。いや、ずっととは申しません。三年だけでけっこうです。それで結果が出なければ、クビにしてもらってかまいません」

そして、この会社で自分のやりたいことを矢継ぎ早に説明した。しゃべり始めると夢中になった。話している間じゅう、社長の顔色など窺《うかが》ってもいなかった。

この日本にも、かつては一世を風靡したにも拘わらず、今は忘れ去られてしまったミュージシャンたちが数多くいる。たしかにその大多数は、既に往時の歌声をすっかりなくし、オーラも消え、その顔つきや立ち振る舞いまで貧乏臭くなってしまった人間だ。

それでも、不遇な現状に腐らず、依然として実力を磨き続け、むしろ当時よりはるかにステージパフォーマンスの上がっている人間も、ごく僅《わず》かだが、確実に存在する。

「ぼくは、そんなミュージシャンたちのリバイバル・プランを立ち上げたいのです。やり方さえはまれば、きっと復活する確率は高いはずです」

そう、終わりまで一気に言い切った。さらに手持ちのパソコンを開き、龍造寺みすづのユーチューブの映像を見せた。

「そして、最初のターゲットは、この彼女です」

正樹より一つ年下の社長は、しばらく黙ったまま正樹の顔を見つめていた。

だが、やがて口を開いた。

「飯塚さん、失礼ですが、あなた本気ですか。それは確かにウチも、ポッと出の新興レーベルです。抱えているミュージシャンも、まだまだ一流には程遠い。ですが、もしうまく行かなかった場合、私は本当にあなたを容赦なくクビにしますよ」

正樹は、何のためらいもなく大きくうなずいた。

社長は、さらに念を押してくる。

「本当に？」

「本当です」正樹はもう一度うなずいた。「既に、家内の了承も取り付けてきています」

すると、初めて社長はにっこりと笑った。次いで、手を差し伸べてきた。

「では、そうしましょう。飯塚さん……いえ、かつて『ノー・ゲス』のリーダーだった正樹さん。一九八五年のハヤマのロッコン準優勝者。そしてそのときの優勝者は、龍造寺みすづ――」

今度は正樹が驚く番だった。

すると目の前の男は、ふたたび照れくさそうに笑った。

「実は私も、あの時の関東ブロック予選に出ていました。自分のバンドを率いてね。でも、結局はあなたたちにしてやられ、ブロック敗退の時点で涙を呑《の》みました」

「……」

「待っていましたよ。気がつけば、いつの間にか同じグループ企業に勤めていました。いつか、こういう日が来るんじゃないかって」

正樹は呆然としたまま、思った。

ここにも一人、若かった頃の自分の夢を、また違った形で追い求めている人間がいた。すべてが繋がっていく。

最後にいた正樹の順番がやって来た。

目の前のテーブルに、龍造寺みすづが座っている。顔を上げ、正樹の顔を見て一瞬だけ怪訝《けげん》そうな表情を浮かべたが、それでもすぐに笑顔に戻った。

「ありがとうございます。どのCDをご希望ですか？」

「全部、一枚ずつください」正樹は言った。「ここにあるものすべて、一枚ずつ」

ふたたび彼女が驚いたように顔を上げる。

正樹はそんな彼女に少し微笑《ほほえ》み、繰り返した。

「全部、ください」

束の間、彼女の視線が正樹の顔に釘付けになった。

「……失礼ですけど、どこかでお会いしたことが、ありますか？」

正樹はふたたび微笑んだ。

「その前に、サインをしてもらっても、よろしいですか」

あ、と彼女は慌《あわ》てたようにサインペンを持ち、

「ごめんなさい」

そう言いつつ、手近にあるCDの上に早速サインを始めようとする。

「あ、いえ。そちらではなく、こちらのほうにサインしてもらっても、いいでしょうか」

そう言って、鞄《かばん》の中から彼女の本を取り出した。そっとテーブルの上に差し出す。

龍造寺みすづは、かつて自分が書いた本をまじまじと見つめている。

やがて、その顔が上がった。

明らかに何かを必死に思い出そうとしているその表情――。

構わずに正樹は言った。

「宛名《あてな》は、こう書いてください。『ノー・ゲス』飯塚正樹さんへ、と」

瞬間、あっ、という声を彼女は上げた。まさに椅子から飛び上がらんばかりだった。

「懐かしいっ」

彼女は人目も憚《はばか》らず、そう大声で言った。そしてあべこべに、両手を差し出してきた。

「飯塚さん、本当にお久しぶりですっ」そう言ってあの輝くような笑みを見せる。

「あの時は親切にしていただいて、本当にありがとうございました」

その両手を握り返しながらも思う。

この闊達《かったつ》さ。そして明るさ――。

やはり、一皮剝《む》け切っている。完全に、自分の過去を振り切っている。

やがて正樹はその手を離し、胸ポケットから名刺入れを取り出した。

「ぼくも、懐かしいです」正樹は言った。「つい先日のことです。ユーチューブの中の、現在のあなたを見ました。危うく涙が零《こぼ》れ落ちそうでした」

分かる。彼女の目尻《めじり》。うっすらと涙が溜《た》まり始めている。

「ですが、今日は昔話をしたくてお伺いしたのではありません」言いながら、名刺を差し出した。「これからの話をするために、来ました」

彼女が名刺を受け取る。その表面を、じっと見つめている。

名刺には、こう印刷されている。

ハヤマRCエンタテイメント
新規事業開拓室　フェニックス・プラン担当主任　飯塚正樹
名刺の部署名と『フェニックス・プラン』という言葉で意味は通じるはずだ、と正樹は思う。フェニックス――不死鳥だ。

やがて、彼女がゆっくりと顔を上げた。その表情が直後、泣き笑いに崩れる。

「ごめんなさい。こんなときに私……」

だが、あとの言葉は続かなかった。彼女は慌てたようにハンカチを持ち出し、目尻を押さえた。

正樹はそんな彼女に、ふたたび微笑みかけた。

「このあと、少しお時間をいただけますか。むろん、これからのお話で」

すると彼女はまだ泣き笑いの表情のまま、激しくうなずいた。

……あの面接官も言った。『アルカディック』の彼も語った。

テクニックではない。気持ちなのだ。

自分はどうありたいのか。何を表したいのか。何を、どう伝えたいのか。それを真摯《しんし》に見極め、追求していく気持ちの強さ。それこそが、才能なのだ。また、その気持ちが強ければ強いほど、培《つちか》ってきたテクニックも凄みを増す。

どんな状況になろうと、表現したい世界がある。伝えたい相手がいる。そして、その気持ちに忠実であり続けたい自分がいる。

それがあるかぎり、彼女は永遠のディーバだ――。

File 4. リヴ・フォー・トゥデイ

1

「じゃあ総店長《そうてんちょう》、今日もお疲れ様でしたっ」

そう呼びかけられ、森山は来週のシフト表から目を上げた。

客がすっかり引けたテーブルの向こうに、短大生のバイトの女の子がニコニコと立っている。すっかり私服に着替え終わっている。

「あ、お疲れ～」そう答え、思い出す。「恵《めぐみ》ちゃんさ、今度は火曜の朝番だよね。そのときにまたね」

「あ、はーい」

もう一度頭を下げ、女の子は裏口から店を出て行った。

森山はふたたびちらりと腕時計を覗《のぞ》き込みながら、シフト表に眼を戻す。

午前五時半。外装の電飾を消し、客が引ききった後の静かな店内。

十二月の東京……夜明けはもう近い。

都心エリア十店舗のうち、森山が店長を兼任しているこの西新宿メガ店舗を含む五店舗までの来週のシフト表は、もう完成している。

あと五店舗分。各店舗のスタッフのてんでんバラバラのスケジューリングを、次々とコマに埋め込んでいく。総店長兼エリアマネージャーとしての大事な仕事だ。どうしても埋まらない時間帯は、近隣の店舗のスタッフを融通していく。

十店舗すべてのスケジューリングを済ませ、シフト表のメールを本社とエリア全店舗に一斉に送信し終わったのが、五時四十分だった。

ふむ、と思わず満足の笑みを一人で浮かべたとき、厨房《ちゅうぼう》から副店長の田中が出てきた。

入社三年目の、二十三歳の社員。森山が店長会議やエリアマネージャー会議、スーパーバイザーとして不在の時には、実質的に店長の役割をこなしてくれている。だから、森山は本社に掛け合って、実質的な待遇は店長クラスにしてもらっている。

「総店長、上がりに小ビール一杯、どうです？」

そう言って、森山に少し笑いかけてくる。

「いいねえ」

すると相手はもう一度笑った。

「四百二十円です」

森山も苦笑しながら財布から小銭を取り出す。受け取った相手はふたたび歯を見せた。

「明日一番のレジに、計上しておきます」

「うん」

田中はさっそく厨房に戻った。シンクで水流の音がしばらく続いた後、ナプキンで覆《おお》ったグラス片手にフロアに出てきて、サーバーからビールを注ぐ。森山の目の前にコースターを置き、適度に泡立ったグラスを、そっと乗せる。

グラス表面の輝きで分かる。

森山は密《ひそ》かに満足を覚える。ディッシュ・ウォッシャーで高圧洗浄したグラスではない。

以前は、この『ベニーズ』のどこの店舗でも、ビールグラスだけは手洗いだった。

グラスの縁に口をつけ、まずは泡ごと一口飲む。グラスをいったんコースターの上に戻し、ふたたびグラスを持ち上げて二口目。さらにコースターに戻し、またグラスを上げて、三口目。

目の前に立ったままの田中が、得意げな顔で聞いてくる。

「どうです？」

うん、と森山は目の前のグラスを改めて見る。

つい笑う。

二口目と三口目の泡の跡が、くっきりとグラスの内側で輪になっている。見事に途切れのない、完璧《かんぺき》な輪――。

手洗いで磨きこんだグラスであればあるほど、この輪はある程度の時間が経《た》っても崩れない。

対して、ディッシュ・ウォッシャーで洗っただけのグラスは、飲んだ直後でも、泡の輪が完全に残らない。見る間にどろどろに崩れて、跡形もなくなる。その時々の飲み跡が分からなくなる。

だからどうした、というわけでもないが、やはりこの事実を知っている者には、泡の跡が気になるものだ。

「安い四百二十円だ」

そう言って、田中に笑いかけた。

「ありがとう」

「いいえ〜」

飲み終わった後、森山は店を出た。

店舗に面している大通りをワン・ブロック歩き、ふと店を振り返る。

照明の落ちた店。ひっそりと佇《たたず》んでいる。昔はこの店舗も二十四時間営業だった。今では朝五時閉店で、二時間後の七時オープンに変わっている。というか、以前は首都圏にある『ベニーズ』は、どの店舗も二十四時間営業だったのだ。それが今では、この西新宿店を除けば、遅くて午前二時までで、早ければ零時クローズの店舗が大半になった。

森山は少し溜息《ためいき》をつき、店舗の向こうの夜景を見遣《みや》る。

西新宿の高層ビル群が建ち並んでいる。屋上で点滅している無数の赤い航空障害灯……さらにビルの谷間に透ける東の夜空が、うっすらと紫色に変わっている。

夜明けはもうすぐだ。

今日が終わり、明日が始まる。

少なくとも森山にとっては、一日の区切りは、時刻どおりの午前零時ではなく、この日の出の瞬間だ。十五歳のとき——高校一年生のときからそうなった。

数ブロック先のバス停まで行って、ベンチに腰を下ろす。

時計を見る。六時八分。

バスの時刻表は見なくても分かっている。あと五分でバスが来る。六時十三分の始発のバス。早朝の時間帯、バスはほぼ定刻どおりにやってくる。

その次のバスは、六時二十七分。少なくともこの六時台のバスの発車時刻は、すべて頭に入っている。

必要だから、というより、バスに乗るのが好きだからだ。より正確に言えば、バスそのものが好きだ。この好みは、子供の頃から一貫して変わらない。

だから、電車でも通うことも出来るのだが、敢《あ》えてバスで通勤している。西新宿店に異動になった初日に、この時刻表を一瞥《いちべつ》した途端、六時台の時刻はごく自然にすべて記憶してしまった。

やがてバスが来た。

乗り込んでみると、車内は無人だった。始発から二つ目のバス停留所。乗っていたとしても、この時間帯は一人か二人、多くて三人ほどだ。

森山はいつもの席に座る。車内の一番奥の、一段高くなった五人掛けの長い席。その右端に腰を下ろす。

ひっそりとした夜明けの東京の景色が、車窓に流れていく。車内も広々と見渡すことが出来る。

森山は一人で微笑《ほほえ》む。

やっぱりバスって、いいよなあ——。

乗客も、電車に乗っている人間とは違って、どこか時間的、あるいは精神的にゆったりと生きている人間が多いように感じる。そしてその人間たちの醸《かも》し出す、まったりとした余裕のようなものが、車内にほんわかと漂っている。

森山には、誰にも口にしたことがない夢がある。

いや、それを正確には夢と言っていいのかどうか。少なくとも森山にとって、夢という概念は、そこに至るまでの明確な階段の上り方と、時間的なリミットを設けたものだ。だから正確に言えば、夢ではなく、将来こうなったらいいなあ、という夢想のようなものなのかもしれない。

森山は自分のクルマは持っていない。

それでも自動車免許はあるし、さらにその上の大型二種免許も、バスという乗り物が大好きなあまり、苦労して取得した。法律的に言えば、乗車定員三十人以上の営業用車両——路線バスも観光バスも運転することが出来る。

もっとも、免許を取ってからも、実際の路上でバスを運転したことは一度もない。今はしなくてもいいとも思っている。毎日が現実の仕事に追われまくっているからだ。

でも、いつか定年退職をしたら、沖縄かどこかの小さな南の島にでも行って、路線バスの運転手ができればいいなあ、と思ったりもする。

むろん、それはできなくてもいい。

夢想だからだ。

要は、その免許を取得することにより、〝いつか〟の夢を見る快楽を買ったのだ。

いや、と森山は、ここでまた自分の考え違いに気づく。

これも、正確に言えば違う。

いつかバスを走らせている自分を想像するだけでも、少し日々が楽しい。

だから、大型二種免許を取得することによって、その可能性を想《おも》う、日々の楽しさを買ったのだ。

2

言わずもがなだが、巨大外食産業・ハイラークグループの一部門に、『ベニーズ』

事業部はある——。

先日のインフォメーション・ミーティングを、高橋はそんな意味合いの言葉で開始した。

「で、みんなも知ってのとおり、このハイラークグループは、高級外食チェーン『ハイラーク』、中間顧客層を狙《ねら》ったファミレスチェーン『ベニーズ』、和食チェーンの『梅庵《ばいあん》』、中華チェーンの『ガンダーラ』、格安ファミレスチェーンの『ベニーズ・グスト』……この五つの事業部門で成り立っている」

高橋はそこで言葉を区切り、真介《しんすけ》たち面接官を一瞥して微笑んだ。

「みんな新聞やネットで日々の経済ニュースはチェックしているだろうから、あとはもう、分かるな。今回のリストラは、『ベニーズ』事業部門の全店舗の閉鎖に伴う、社員の他部門への転籍、および削減だ」

そこまでの説明で、たしかにもうすべての状況が分かった。

いわゆるファミレス文化は、一九九〇年代初頭に利益率および店舗展開の数で、繁栄の頂点を迎えた。国民の、一億総中流意識という幻想と、実質的な可処分所得の多さが、ファミレス系の外食産業を支えていた。

しかしバブルがはじけ、二十一世紀に入って十年が経った現在、残ったのは、いつの時代にも存在する五パーセントの富裕層と、高給与所得者を含む十五パーセントの小金持ちと、残る八十パーセントの『なんとか生活している』という層だ。

これをハイラークグループに当てはめれば、上位二割が『ハイラーク』の客に当たり、残る八割が低価格路線に切り替えた『梅庵』、『ガンダーラ』、そして元々が格安だった『ベニーズ・グスト』の客となり、『ベニーズ』の顧客層は縮小した。

高くもなく、安くもない。格別美味《うま》いわけでもなく、かといって不味《まず》いわけでもない。ようは、グループ内での位置づけが曖昧《あいまい》なのだ。

現代は中間層相手の商売は成り立たないと言われている時代だ。だから、その所得層の減少と同時に、『ベニーズ』はこの十年で急速にシェアを落としていった。

ハイラークグループの稼ぎ頭だった『ベニーズ』は、最盛期には全国に約一千五百以上の店舗があった。現在の店舗数は、二百店弱までに落ち込んできている。終日営業店はなくなり、営業時間が最も長い店舗でも、朝七時から朝五時まで……往時を思えば、信じられないような凋落《ちょうらく》ぶりだ。

これは余談だが、と高橋は最後に付け足した。

「いわゆるファミレス系外食産業の利益率の驚くべき低さは、意外に知られていない。平均利益率は、九〇年代初頭の黄金期でも売り上げの五パーセントから十パーセントの間だ。それが二〇〇〇年代以降、いわゆる低価格路線の影響で、しばしば五パーセントを切るようになる。特にこの『ベニーズ』の店舗平均収益率は、現在は二から三パーセントという体たらくだ。まあ、商社などのロットのでかい商売は別として、通常数パーセントという利益率でやっている一部上場の企業など、ちょっと想像できない。だから最も金のかかる人件費には、ひどくシビアになる。今回の依頼には、この業界のそういう裏事情もある」

……今、真介は面接室のデスクにいる。隣にはいつものように川田美代子《かわだみよこ》が座っている。

午前十時十三分。本日の一人目が終わり、これから二人目の面接だ。

真介はネクタイをゆるめながら、川田に声をかける。

「美代ちゃんさ、ファイル交換して〜」

「はーい」

いつものように川田がゆっくりとやってきて、目の前のファイルを二人目のものに差し替える。

「村上さん、コーヒー、入れますか？」

うんと、真介は首を左右に振りながらうなずいた。「そうしてもらおうかなあ」

答えつつも、もう一度首を左右に振る。

すると川田は白い歯を見せた。

「ため息なしで、でも肩こり」

真介もつい失笑する。

「ま、そんなとこ」

確かにそうだ。今回の面接では、その終了後にいつもほど頻繁にはため息をついていない。つまりそれだけ、被面接者に対して心の負担が軽い。

反面、面接時の展開話法としてはいっそう神経を使う相手を、真介は担当させられている。

……先日のミーティングのあと、面接官の各班チーフは、社長の高橋に呼ばれた。

「真介、おまえは今回、Aランクの被面接者を受け持て」

「はい」

「転籍誘導……どういう面接展開に持っていくかは、大丈夫だよな」

むろん分かっているし、大丈夫だとは思う。

リストラ必至の財務状況になったとはいえ、どの企業にも今後を見据え、出来れば残しておきたい人材とそうでない人材がいる。だが、日本では分別解雇――いわゆる指名解雇は、正当な理由がない限り違法となる。そこで会社側は、残しておきたい人材を極秘裏にAランクとして、面接資料と共に真介たちの『日本ヒューマンリアクト㈱』に提出してくる。

もちろん面接は、Aランク以外の被面接者と同様に行う。そして表面的には業績不振による自主退職者募集のための面接という形式を装《よそお》いながらも、ポイントポイントでは、その自主退職勧告に相手が実際に乗ってこないように、他部門への転籍をそれとなく促していく。

あくまでも、それとなくだ。

相手に感づかれ、労働基準監督署にでも通報されたら、元も子もない。だから、いつもほど冷徹な面接を行う必要が無い代わり、その匙《さじ》加減に神経を使う。

そして最終的には、このAランク対象者のうち最低でも七十パーセント以上を、ハイラークグループ他部門へ誘導転籍させることが、今回の真介に与えられた課題だった。

一見、この数字は楽なものに見えるかもしれない。が、現実は違う。

自主退職者募集の案内が社内に廻ったとき、真っ先に会社を辞めようとするのは、皮肉にも組織にとっては辞めて欲しくない上位二割の優秀な人材だ。彼らは自分の能力に自信があり、また、その能力が同業他社から認められていることもうっすらと分かっているので、辞めた後の引きも多いことを知っている。

だから傾きかけた会社にあっさりと見切りをつけ、辞めてしまおうとする。

それをもう一度、考え直してもらえるように促していくのが、今回の真介の役割というわけだ。

目の前にコーヒーカップが置かれ、川田が少し微笑んで引き返していく。

コーヒーを一口すすり、真介は時計を見る。十時十七分。ふむ。まだあと十分少々、資料を見直す時間はある。

目の前の新しいファイルを開く。いきなり右上隅の空白に押された『特A』の赤スタンプが目に入ってくる。

つい苦笑して、隣の川田を見遣る。

「美代ちゃん、今度の人は特Aランクだよ」

すると川田もやや笑った。

「あれれ」言いながらも白い歯を見せる。「大変ですね～」

「うん」

特Aランク。全社員のうち上位五パーセントのみの超優秀な人材だ。だからクライアントからは、この特Aランクの社員に関しては、九割以上の転籍誘導成功率が求められている。一方で、これぐらい優秀な人材だと、ますます会社に残ってくれる可能性は少なくなる。

改めて資料の一枚目を見る。

森山透《すぐる》。これでスグルと呼ばせる名前は珍しい、と最初見たときも感じたものだ。

次に顔写真を見る。若い。というより妙に少年のような印象を受ける。細面で、つるりとした卵のような顔立ち。かといって無表情なわけではない。何の邪気もなさそうな、柔和な笑みを浮かべている。

資料によると一九七六年の生まれだから、今年で三十五歳になるはずなのだが、とてもそうは見えない。二十代、いや、まだ十代後半と言っても通じそうな顔つきをしている。

さらに資料に目を通していく。

東京都文京区湯島の生まれ。バリバリの東京っ子だ。

地元の公立小学校を卒業後、都内でも三本の指に入る名門中学、私立昌蔭《しょういん》高校中等部に入学、さらに高等部を卒業後、ストレートで早稲田大学の政治経済学部に入学。

文句のつけようのない学歴だ。

しかし、ある意味で嫌味なほどパーフェクトな履歴だったのは、ここまでだ。早稲田を二十六歳で卒業。つまり卒業までに、在籍猶予《ゆうよ》期間ギリギリの八年がかかっている。何故《なぜ》かは分からない。

ただ、資格欄を見ると、この八年の間に三つの免許を取っている。一つ目が、高校まで教えられる社会科の教員免許。二つ目が、普通自動車免許。ここまでは分かる。ある意味大学生のセオリーどおりだ。

だから、もしかしたら教師になりたくて、その在学期間に教員試験を受けまくり、かつ落ちまくっているうちに留年を繰り返したという推論も成り立つ。

だが、それにしても三つ目の資格の取得理由が、まったくもって意味不明だ。

大型二種免許……。

つまりタクシーはおろか、大型の路線バスや観光バスも運転できる免許を――おそらくは相当な金額とかなりの手間暇をも注ぎ込んで――大学在学中に取得している。

子供の頃からバスの運転手にあこがれていたのか。だったら何故、高校卒業後すぐにでもバス会社に就職しなかったのか？

いや、大学卒業後でもいい。しかし卒業後に就職しているのは、ハイラークグループの『ベニーズ』だった。

やはり、意味不明だ。

そう感じつつも、今度は二枚目の個人情報欄を捲《めく》る。

捲った途端に思い出した。

どうやらこの森山は、『ベニーズ』の名物男らしい。この男の個人情報欄への人事部の書き込みが、とにかく尋常な量ではないのだ。

そしていかにも名物男らしく、入社前からも、いくつもの伝説的なエピソードを持っている。

最初に外食産業のバイトを始めたのは十五歳のとき。

つまりは高校一年になってからだ。これも高校生ならよくあるパターンだが、それでも都内で一、二位を争う進学校にいて外食産業のバイトを始めること自体が、相当に稀有《けう》な例だろう。しかもそのバイトへの入れ込みようも、ある種、常軌を逸していた。

バイト先は『吉川屋』。牛丼《ぎゅうどん》業界のナンバーワンだ。

始めた当初は、学校が終わって五時から零時までのシフトで毎日入っていたらしい。

休日は、朝七時から零時までのフルタイムで入っている。

たとえ授業以外で勉強をしていなかったとしても、通勤・通学の時間を差し引けば、日々の睡眠が五時間を切っていたことは容易に想像できる。

このシフトだけでも相当な入れ込みようだが、それが一年後には、バイト身分のまま店長になる。言ってみれば、十六歳の管理職誕生だ。スタッフの管理もするようになってからは、さらにそのシフトの過激さに拍車がかかる。

平日でも、朝七時から八時までの朝定食の繁忙時にバイトに入り、それから学校に行く。学校が終わると、ふたたび五時から零時までのシフト……。

噂《うわさ》によると、朝と晩の食事は、まかないの牛丼とミニサラダを毎日食べていたらしい。

ちなみにこの十六歳の時に、同業チェーン同士の企画で『牛丼早盛りコンテスト』なるものがあり、関東ブロック大会に出場し、なんと優勝している。

さらには、このバイトと並行しながら、高校三年になると、昌蔭高校の生徒会長、さらにはその学区の生徒会連合の取りまとめ役までやっていたらしい。

おそらくは受験勉強の時間など実質的にほとんどなかったろうが、それでも現役で早稲田大学の政経学部に入学。いやはや……たいしたもんだ。

大学生になって自由な時間が増え、学生らしくサークル活動にいそしむかと思いきや、今度は牛丼屋のバイトと並行して『ベニーズ』のバイトも始める。こちらも相当なヘビィ・ローテーションでシフトに入っている。授業に出ているとき以外は、ほぼバイト漬けの日々だ。

一年後の十九歳のとき、大学在籍のままで契約社員待遇になると同時に、四谷店の店長代理となる。実質的には店長同然の仕事ぶりだったらしい。この時点で、さすがに牛丼屋の店長業務との両立は難しかったらしく、『ベニーズ』一本のバイト生活となる。

二十歳で正式な店長に昇格。

ふむ、と真介はふたたび感心する。

この男、正社員でないにもかかわらず、どちらの外食企業でもバイトを始めてわずか一年かそこらで、店舗を任される立場にまでなっている。おそらくは『早盛りコンテスト』に見られるように現場での実務能力も相当あるのだろうが、それ以上に、人の上に立つような適性があるのだろう。あるいは、部下の管理を出来る才能が。

でなければ、わずか十六歳で店舗を任されるはずもない。

普通の高校生ならクラスメイトに好きな相手でも出来て、その子に告白しようかどうか真剣に悩んでいるような年頃なのだ。

しかし、とふたたび疑問に思う。

この森山、何故ここまで外食産業のバイトで淫《いん》するように働いていたのか。大学生ならば、他にも楽しいことはいくらでもあったろうに。

実家が経済的にかなり苦しかったのだろうか。しかし、それなら中学から私立には行かないはずだ。だから、おそらく経済的な問題ではない。

……ふむ。

今度は、一枚目の履歴欄と二枚目の個人情報欄を交互に見遣る。

大学卒業後の二十六歳で、そのままハイラークグループの『ベニーズ』部門に正式入社。すぐに環状八号沿いにある世田谷のメガ店舗の店長に就任。と同時に、本社にも籍を置きながら、このエリアにある八店舗を取りまとめるスーパーバイザーをも兼任する。

翌年、二十七歳で正式に本社付となり、首都圏営業本部の販売促進課長に昇進。さらにその三年後の三十歳には、本部次長に昇格。

スタッフとしての実務能力にも長《た》けていたのだろうし、それ以上に会社側の森山個人への期待もあったのだろうが、それにしても、と真介は思う。いくら入社時の年齢が年齢とはいえ、空恐ろしいほどの出世ぶりだ。

さらには次長になってから二年後、この森山は、『ベニーズ』社内で今でも語り草になっている行動を起こす。

ちょうどリーマン・ブラザーズが破綻《はたん》した年だった。景気も底の底を打ったころだ。森山は、自ら現場へ戻ることを申し出た。

現場に出て、また一から店長をやってみたいと言い出した。上層部は仰天し、必死にその蛮挙を引きとめようとしたが、森山はその際にこう言ったという。

業績の悪さを、景気のせいばかりにしていては何も始まりませんよ、と。

「こんな時代だからこそ、誰かが現場に出て、ちゃんと業績を伸ばす努力をしたほうが良いのではないでしょうか。どんな時代でも、やりようによってはちゃんと商売していけることを実例として示さなければ、いったいどの店舗が本気で頑張ろうという気になるでしょう」

これには上層部も、返す言葉がなかったらしい……。

確かにそのとおりだ、と真介も思う。

どんなに不景気でも、やりようによって着実に実績を伸ばしている企業はある。着実に仕事を広げていく人間もいる。

事実、森山が担当する新宿エリアの店舗は、現在までの三年間、売り上げこそほぼ横這《よこば》いの状態だが、その平均利益率は六パーセント。『ベニーズ』全体の平均値からみれば、二倍の利潤を叩《たた》き出している。

おそらくは食材の消化率、スタッフのシフト・コントロールが、これ以上ないくらいに絶妙なのだろうという話だった。

実際、森山は現場に戻ってから三年連続で、全国最優秀店長として表彰されている。

ふう――。

真介は思わず内心で溜息をついた。

人間、誰しもあまりにも出来すぎた職務履歴を目《ま》の当《あ》たりにすると、つい毒気に似たようなものに当てられるものだ。

ともかくも、この森山が優秀な人材であることも、そしておそらくは外食産業で働くことに情熱を持っていることも分かった。

だが、その根本の人間性は依然として不明だ。真介の中で、人格的に統一されたイメージングが取れていない。

どうしてバスの免許なのか、どうして進学校在籍時の頃からバイトばかりやっていたのか……どう考えても納得のいく理由が思いつかない。

ちなみに結婚歴は、なし……。

気がつけばコーヒーを飲み尽くしていた。

時計を見る。十時二十八分。そろそろやってくる。

ネクタイを締め直し、飲み干した紙コップを足元のゴミ箱に捨てる。

十時半の十秒ほど前に、目の前の扉からノックの音が弾《はじ》けた。

「はい、どうぞお入りください」

そう言い終わったときには、真介も立ち上がっていた。

ドアノブが廻り、扉が開く。

細身の男が入ってくる。うまく言えないが、やはり少年っぽい印象だ。身長はおそらく百六十センチちょい。ただでさえ小柄なのに、その首から上の頭部は全体に比してさらに小さい。隣の川田美代子と並んでも、いい勝負ではないか。

スーツに身を包んだ森山が、軽い足取りでこちらに近づいてくる。

お、と真介はやや意外な印象を受ける。

ぺったりとした紺色のスーツに、白いシャツ、赤黒レジメンタルのタイ……。

着こなしさえうまければ、それでも結構さまになるものだが、それがこの森山の場合、今まさに近所の紳士服店で買い揃《そろ》えてきました、と言っても通じるぐらい、服に着られている。ようは、まるでダサい。およそファッションセンスというものが感じられない。

逆にそこに、妙な愛嬌《あいきよう》というか、初めてこの男に対する人間くささを覚える。真介はやや嬉《うれ》しくなった。

「森山さんでいらっしゃいますね」

言いながらも、自分の目の前の椅子《いす》を指し示す。

「さ、どうぞ。こちらのほうにお越しください」

はい、と軽い声音で返事をして、森山がやってくる。その爪先《つまさき》、靴もソールがラバーの革靴だ。思わず笑い出しそうになりながらも、さらに言葉を続ける。

「こちらに、おかけください」

真介に言われるまま、相手がゆっくりと椅子に腰を下ろす。

「私、今回の面接をつとめさせていただきます村上と申します。どうかよろしくお願いいたします」

椅子に座った森山も、ペコリと頭を下げてくる。

「こちらこそ、よろしくお願いいたします」

ようやく真介も腰を下ろす。

「さて、お話に移ります前に、コーヒーかお茶か、お飲みになりますか」

「いえ、大丈夫です」森山は言った。その後、少し微笑んだ。「どうか、あまりお気遣い無く」

ふむ。

見かけと同様、その声質もまだ変声期を経ていない少年のような中性的トーンだ。顔つきや体格、全体の雰囲気から、まるで男性ホルモンというものが感じられない。実年齢は三十五歳にもなるのに、十代と言ってもいいような軽々とした印象。事実、その顔のどこにも、この歳《とし》ならそろそろ現れてくるはずの表情筋の皺《しわ》、その翳《かげ》りさえ見受けられない。

実物を目のあたりにして、ようやく少し分かってくる。

この柔和な表情。この若々しい雰囲気。

本当の意味で地頭《じあたま》がいい人間に、たまにいるタイプだ。

加齢現象の最大の要因は、精神的なストレスだ。しかしおそらくはこの男の場合、何事に対してもその対処法や考え方、見方をすぐに思いつくので、通常の人より悩むということが多くないのではないか。そのぶん精神に無駄な負荷がかからない。だから、いつまで経っても少年のように若々しい。

実際、「どうか、あまりお気遣い無く」という簡潔な言葉のニュアンスに、自分が被面接者という客体の立場にも拘《かか》わらず、これから真介とどういう一時的な時間を過ごしていきたいかという、その主体的な態度を匂《にお》わせている。

つまり、遠慮なく簡潔に面接を進めて欲しい、と暗に伝えてきているのだ。

なるほど。

そう思った直後には決断した。真介は口を開いた。

「率直に申し上げます。既にご存知のとおり、御社は『ベニーズ』部門からの完全撤退を来年の三月末までに終えられるつもりです」

「はい」

「ですから、現『ベニーズ』の社員の皆様には、それまでに二つの選択肢がございます。割り増し退職金を手にして辞められるか、それともハイラークグループの他の部門に転籍をなさるか、というものです」

「はい」

「ですが、御社の他の外食部門も、決して業績好調というわけではありません。他部門への転籍希望者が、その受け入れ人員をオーバーした場合は、必ずしもご希望に添えない場合もございます」

森山は、やや首を傾《かし》げた。その素振りには、相変わらず緊張感のかけらも見受けられない。

「質問なのですが、現在『ベニーズ』に在籍する社員のうち、どれくらいの割合が他部門で受け入れ可能なのでしょうか」

あ、と思う。さすがに痛いところを突いてくる。

それでも真介は正直に答えた。

「全社員のうちの、二割ほどです」

すると森山は、初めて少し笑みを見せた。

「失礼ですが、それほどの受け入れキャパしかないのであれば、結果として大半の人間は辞めていく道を選ばざるを得ないということですよね」

苦しい展開だった。

「ですが、それでも残りたいという気持ちが強い方には、二月末までに部門別の個人面談を行い、極力その期待にこたえていきたい、と御社では考えておられます」真介はさらに言葉を続ける。「そしてそこにはむろん、森山さん、あなたも入っています。失礼ですが、森山さんほどの実績を残されている方なら、会社側もおそらくは残っていただきたいという気持ちが強いのでは、と推察いたしますが……」

言いながらも真介は、ああ、と思う。このおれは、マズい展開へと墓穴を掘りつつある。

森山はやや黙っていたあと、口を開いた。

「でもそれは、希望者が定員オーバーだった場合は、その対象を篩《ふるい》にかけるということですよね」さらに淡々と言葉を続ける。「裏を返せば、篩から落とされる社員は、指名解雇と同じことになりませんか」

さらに真介は苦しくなる。

「それは、受け入れ側にも限度がありますから。それでも極力、残された社員の方々の希望に添っていきたいと考えられているのです」

森山はもう一度笑みを見せた。

あの、変な言い方になりますが、と森山は前置きをした上で口を開く。「ご安心ください。それでも私はこの会社が好きなので、別にそのやり方を責めるつもりはないのです。ましてや労働基準監督署に駆け込むようなつもりも、さらさらありません。ただ……」

その最後の言葉が引っかかり、真介はわずかに前のめりになった。

「ただ……なんでしょう？」

すると森山はまじまじと真介の顔を見てきた。

「たしか村上さん、でしたよね。『パレートの法則』というものをご存知ですか？」

「パレード？」

そう鸚鵡《おうむ》返しに言い、思わず隣の川田美代子の顔を見る。彼女も戸惑ったように頭をかすかに振った。

「いえ、パレードではなく『パレートの法則』です」森山は訂正を加えてきた。「ご存知ないですか？」

すいません、と真介はついしどろもどろになる。「申し訳ありません。聞き覚えのない言葉です」

「簡単に言えば、ある利益集団の中では必ず、二割の優秀者と、残る八割の可もなく不可もない層に分類されていく、という考え方です。その二割の優秀な人材だけが、実は組織全体を実質的に動かしている、利潤の八割を稼いでいる」

「……」

「では、その上位二割の優秀な人材だけを集めて、また新たに営利組織を作ったとします。そうすると、すごい営利集団が出来上がるはずですよね」

「……はい」

「しかしそこでもまた、やがては二割の優秀者と、残る八割のフォロアーに分離していくという法則です。つまり、本来は優秀だったはずの人材のうちの八割が、新たにそうでない層に落ちていく。何故か、蟻《あり》や蜜蜂《みつばち》の世界でも、自然現象的にそうなるそうです」

なるほど、とためらいがちに真介は口を開いた。「もしよろしければ、先をお続けいただければと思います」

森山は少し苦笑した。

「たぶん会社側は当然、優秀な社員優先で人材の確保に走るでしょう。しかし、そうして新たに残した人間も、状況によってはそうなるということです。全体としての二割の比率は変わらない。逆に言えば、残る八割の存在があってこそ初めて、その二割が活《い》きてくる」

そこで言葉を区切り、森山はこう言いきった。

「つまり、人の経済活動におけるパフォーマンスというものは、絶対的なものではなく、その時々の状況による相対的、あるいは補完的なものだということです」

少し考え、真介は問いかけた。

「……何を、おっしゃりたいのです?」

森山はごくわずかに両肩をすくめてみせた。

「個人的には、何も。ただ、長い目で見れば、会社側がどんなに優秀な人材を残そうと躍起になったところで、最終的な落ち着き先は結局そこなんだろうなあ、って思うだけですよ。結果として、今まで優秀だった人材をスポイルする可能性が高い」

「自然の法則として、ですか」

森山はうなずいた。

「おそらくですけど」

「……そうですか」

言いたいことはうっすらと分かるような気がした。つまりこの男は、人間の集団の中で、恣意《しい》的なまとめ方をすること自体が無駄である、ということを言いたいのだろう。

真介はふと、この前のミーティングで感じたことを思い出した。

二割の富裕層。残る八割の『なんとか生活している』層。……ひょっとして不景気のせいではなく、これも自然の法則としてそうなるのか。この経済の現状が、世の中の本来の姿なのか。

ともかくも、その突き放すような会社への視点が分かったことで、この森山が、あまりハイラークグループに残る気のないことを、なんとなく感じた。

「質問を変えさせていただきます」

真介は改めてデスクの上の両手を組みなおした。

「森山さんの今の考えは考えとして、私なりに理解したつもりです。ですが森山さん、あなた自身は、今後、どうされるおつもりなんでしょうか」

「まだ決めてはいません」森山は即答した。「決めてはいませんが、もし仮に今の会社に残ることが出来たとしても、他の『梅庵』や『ガンダーラ』の部門に移ることは、あまり気乗りがしないように感じています」

「何故ですか？」

「人に対するサービスという概念より、価格・コストのほうが圧倒的に優先されている経営形態だからです」森山は答えた。「ならば極論は、最低限の接客マニュアルさえ守っていれば、人など誰でもいいということになる。私はそういうサービス業には、もうあまり関心がないのです」

この男が高校時代から牛丼屋でバイトしていたことを思い出した。

真介は質問の方向を変えた。

「では、高級路線の『ハイラーク』なら、いかがでしょう」

森山はわずかに白い歯を見せた。

「上位二割のみの顧客相手の商売、ですか？」

それだけしか言葉にしなかったが、この森山が明らかに『ハイラーク』部門への転籍にも気乗りがしていないことは、その口調から伝わってきた。何故かは分からない。その顧客層が気に入らないのだろうか。

真介はふたたび口を開いた。

「しかし、外食産業自体の仕事は、元々お好きなんですよね」

「好きですね」

「そうなると、もし御社を辞められることになったとしても、また外食産業に就職される可能性が高い、と？」

「それも含めて、まだ何も決めていません」森山は答えた。「たしかに外食産業には長年携わってきましたから愛着は感じています。感じていますが、それでも、なにも外食産業だけが世の中の仕事というわけでもありませんから」

真介はその意見に少し身を乗り出した。

「しかし森山さん、あなたはもう三十五歳です。失礼ですが、これから新しい業界に挑戦されるには、年齢的にやや無理があるようにも感じるのですが」

今度こそ、森山は本当に苦笑した。

「言い方を変えましょう。私自身は外食産業ということでなく、接客業という仕事に長年携わってきたという認識でいます」

「はい？」

「だから、そういう意味での接客業なら、なにも外食産業だけではありませんよね」

「なるほど」

うなずきつつも、もうひとつ、真介は思う。

しかもこの男、言ってみれば十六歳のときから組織の中でずっと部下の管理をやってきたのだ。その管理職歴は既に十九年に及ぶ。三十五歳でそんな人間など、世の中を見回してもほとんどいないだろう。逆に言えば、元々その才能があった上に、十九年の間に自然と身についてきた人の使い方のノウハウは、確かに転職をする際には、かなりの武器になるのかもしれない……。

十二時少し前に、森山は部屋をあとにした。

結局、彼は最後まで去るか残るかの旗幟《きし》を明らかにしなかった。結論は二次面接以降に持ち越しということになり、仮に退職した場合の割り増し退職金の額などを説明して、退出してもらった。

「ふう」

つい真介はため息をついた。そして、不愉快だった。相手に対してではない。自分に対してだ。

本来ならプロの真介が会話を誘導していく役どころにも拘わらず、完全に最後まで話の主導権を相手に握られていた。不甲斐《ふがい》ないことこの上ない。

ふと視線を感じて、隣を見た。

川田が目元に笑みを浮かべたまま、じっとこちらを見ている。

思わず真介は正直に言った。

「なんか、今回は完敗って感じ」

川田も苦笑した。

「村上さん、聞いてもいいですか？」

「何を？」

「今の人、たしかバイトでの在籍期間も含めれば、もう十七年も今の『ベニーズ』にいるんですよね」

うん、と真介はうなずいた。「だから？」

すると川田は少し首をかしげた。

「さっき、あの人は『ベニーズ』のことを『ウチの会社』とは言わずに『この会社』『今の会社』って言いました。でも、愛着はあるって言っていました」

言われてみて、改めて認識する。そうだ。森山は、話の途中で自分の会社のことをたしかにそう言っていた。

川田はさらに聞いてくる。

「それ、どういうことですか」

ようやく分かる。

つまりは、それだけ長く勤続していても、企業に対する帰属意識というものがまるでない、ということだ。さらに言えば、帰属意識と会社に対する愛着は、また別のものだという認識だろう。そして外食産業ではなく、接客業に携わってきたという意識――。

そこまで思い至った時点で、真介は思わず笑い出した。

「たぶんさ、異常に見切りの出来ている人間ってことじゃない？　そういう意味で恐ろしくクレバー」

川田も笑った。

「やっぱり？」

真介も大きくうなずく。

「やっぱり」

3

午後一時。

森山は面接が終わったあと、そのまま勤務地の西新宿店に直行した。

「あれ、総店長、今日は面接でシフト、休みだったんじゃありません？」

バックヤードに入った途端、厨房《ちゅうぼう》から出てきたスタッフにそう声をかけられた。

うん、と森山は軽く言葉を返す。「まあでも、この時間帯まだ忙しいだろうから、ちょっとしたヘルプ」

途端、そのスタッフは大きく笑った。

「あ。ありがとうございまーすっ」

森山も苦笑を返し、すぐに制服に着替えたあと、そのままフロアに出てまだ八割がた埋まっているテーブルの注文を捌《さば》いていった。

『ベニーズ』には方針として、テーブルの上に呼び出しのベルは無い。客が声をかけて、それでフロアスタッフが駆けつけ、注文を受けるという昔ながらのやり方を今も踏襲している。注文があるたびに店内に鳴り響く、ピンポーン、というあのベルの呼び出し音が、中級店路線の『ベニーズ』の店内の雰囲気にはそぐわない、という判断からだった。

同じようにフリードリンク制度も、客が自らサーバーまで行ってお代わりを汲《く》みなおすセルフ形式ではなく、店員を呼び、お代わりを頼む。すると店員は、新しいグラスに入ったお代わりをテーブルまで持ってくる。スタッフの手間はかかるが、そのぶん、お客さんたちは、それまで続けていた会話を中断してまで、お代わりを汲みに行く必要がない。これも、『ベニーズ』特有のサービスの一つだった。

だから、朝と昼食時と夕食時は、フロアスタッフはかなりの忙しさとなる。

もっとも現在のファミレスで、この制度を残しているのは『ベニーズ』と『ハイラーク』ぐらいなものだろう。『梅庵』、『ガンダーラ』、『ベニーズ・グスト』は、そのチェーン展開当初から、呼び出しベルとフリードリンクのセルフ式はセットになっていた。人件費削減のためだ。ハイラークグループに限らず、他のファミレスチェーンでも、同様のやり方でコスト削減を行っている。

やがて一時半になり、二時を過ぎ、次第に店内が閑散としてきた。

ざわざわとした客の会話や笑い声。皿やグラスを片付ける音。スタッフのオーダーの声と、これに答える厨房からの返事……そんなものがどこかの世界に遠ざかっていく。時間が、再びゆっくりと流れ始める。

好景気、不景気に関係なく、森山はこのランチタイム後の、繁忙時を一山越えた時間帯が好きだ。フロアに立ったまま、ほっと一息つき、店内を見回す。

誰も座っていないソファの向こうにある一面の窓ガラス。歩道を行き交っている人々や、車道に連なっているクルマの群れ。若い女性が提げたしゃれた紙袋。十二月の陽光が、そんな街の様相を暖かく照らし出している。

気がつくと、副店長の田中が森山の傍に来ていた。

「総店長、すいません。今日休みだったのに。でも、もう大丈夫ですよ」

「ああ」

言われるまでもなく、そろそろ帰るつもりだった。

「おれももう、帰ろうと思っている」

すると田中はニッと笑った。

「じゃあ、上がる前にちょっと、一服しません？」

五分後、元のスーツに着替え終わった森山は、田中と一緒に店舗の裏手にいた。業務員兼業者用の出入り口の脇《わき》に、灰皿スタンドが一個、置いてある。

森山はタバコ――セブンスターに火をつけ、ふぅぅ、とその煙を吐き出した。吸い出したのは高校生のときだ。牛丼屋の先輩たちが吸っているのを見て、自然に吸うようになった。

「総店長、タバコは健康に良くないですよ」

田中がそう言って笑う。彼はタバコは吸わない。彼に限らず、最近の二十代の人間はあまりタバコを吸わない。ようは、森山のサービス出勤後の一服に付き合っているだけだ。もう一つには、単に森山に犬ころのように懐《なつ》いている、ということもある。

「分かっている」再び煙を吐き出しながら、森山も苦笑する。「でもさ、今日はまだこれで三本目だ。ずいぶんと減らしてきている」

事実そうだ。最も吸っていた二十代の頃は、一日一箱半から二箱は吸っていた。やがて世の中が禁煙ブームになると共に吸う場所も限られるようになり、また、喫煙が人に迷惑になる行為だと自覚するようにもなって、三十歳になってからは、自宅以外ではなるべく吸わないように努力している。人と食事しているときや会議中には、絶対に吸わない。それでもつい、ほっとしたときに吸いたくなる。

無理に禁煙しようという気にはなれなかった。今のファシズムに似た禁煙ブームには、多少の反感を覚えるからだ。正しいことを言って何が悪い、という風潮だ。

それが正しければ、正論ならば、人に無理やりに押し付けてもいいのか……。

しかし、それでも五年かかって、ようやく一日に四、五本というところまで減らしてきた。

例えば今日なら、朝の自宅での一服、昼の面接後に一服。そして今の一服だ。さらにこのままごく自然に減っていって、やがて吸わなくなったらいいな、などと時々思う。

「しかし総店長、偉いですよね」

ふたたび田中が話しかけてくる。

「なんで？」

「今日もまた、休日出勤なんかしちゃって。おれなんかもう、ベニーズが閉鎖になるって聞いたときから、やる気ほとんどゼロですよ」

森山はタバコを揉《も》み消しながら、少し笑った。

「しかし実際、ちゃんとやっているじゃないか」

「惰性みたいなもんです」相手は苦笑した。「とても総店長みたいに、前と変わらずに気持ちを込めては、業務をこなせていませんよ」

もう一度、森山は笑う。

「ま、それはそれで仕方がないんじゃないか。気持ちがそうなんだからさ」言いながらも、タバコを灰皿に完全に揉み消し終わった。「だから、いいんだよ、それはそれで。おれは、これまで通りの気持ちでやってるほうが気楽だから、単にそうやっているだけだしさ」

そう、それ、と田中は声を上げた。「総店長は、いつもそうなんですよね。ホント尊敬します」

ん――？

一瞬、意味が分からなかった。つい問い返した。

「何が？」

田中は、うーん、と首を捻《ひね》った。そして、こう答えた。

「だから、その気持ちです。自分の正しさを、人に押し付けないって言うか、強制しようとしないって言うか……でも自分では、ちゃんと守っているって言うか」

ああ、そういうことか、と納得し、つい笑う。

「立場も違う、生まれも違う、考え方も違う。何が正しいかなんて、人それぞれだろ」

「ですか？」

「それに、自分がされて嫌なことを人にしない限りは、何が正しいかなんて、そもそもないんじゃないかな」

すると相手は、やや戸惑ったような表情を浮かべた。

「正しいことがないって……どういう意味です？」

うん、と森山は軽くうなずいた。そしてこう答えた。

「だってさ、おまえはおれじゃないだろ。おれもおまえじゃない。そして人間、正しいから誰かを好きになるなんてことも、これまたない」

「……」

「つまり、観念的な正しさなんて、本当は実体がない」

知らないうちに生真面目《きまじめ》に話をしている自分に気づいた。それでも口は止まらない。

「ただあるのは、こういうのが好き、こういう生き方がしたいっていう、単にそれだけの気持ちだ。気持ちの方向性だ。そしてそれを、現実とどう折り合いをつけていくかっていう問題だけだ」

そう言い終わって田中を振り向いたとき、その目がうるうると潤《うる》んでいるのを見て、ぎょっとした。ヤバっ。

またしてもやってしまった。常に自分に戒めてきたこと——。

人前で、その必要がない限りは、マジな話はしない。しかし、気がつけばしばしばその禁を破ってしまっている自分がいる。

だからおれは昔から知らぬうちに、周囲の人間に担《かつ》ぎ上げられる羽目になる。こんな冴《さ》えない体格ながら、周りの同級生から『ボス』と呼ばれたりもした。バイトの分際で店を任されたりもした。

案の定だった。途端に田中は、

「森山さ～んっ」

と飛びついてきた。森山の上半身にしっかりと両腕で抱きついてくる。

森山は咄嗟《とっさ》にのけぞるようにして、その両腕を必死に引き剝《は》がそうとした。やめろよっ、と思わず大きな声を上げた。「おまえ、ゲイだと思われるぞ」

「かまいませんよっ、そんなことぐらい」

田中はさらに大声で叫ぶ。

「今からおれ、森山さんのことを『教祖』って呼んでいいですかっ」

「ふざけんなっ」もうヤケくそになりながら森山も叫び返した。「自分の神ぐらい、自分で見つけろ」

——ああ。なんでこうなるんだ……。

さらに五分後、森山はいつものバス停までゆっくりと歩いていった。

バス停が見えてきたところで、先ほどの一件を思い出し、苦笑する。客観的に見れば、滑稽《こっけい》この上ない光景だったろう。

それにしても、と思う。

みんな、寄る辺に餓《かつ》えている。何かの基準を必死に探そうとしている。

そんなもの、本当はどこにもないのに、さ。

やがてバスが来た。

時刻表を見なくても分かる。二時三十五分のバスだ。

目の前に停車したバスに乗り込み、いつもの定位置——車内の最後尾のシートに腰を下ろす。

バスがゆっくりと動き出す。車窓の風景も流れ出す。森山は少しずつ、いい気分になってくる。幸福感に包まれていく。

思い出す……。

森山の実家は今でも、文京区の湯島にある。そこで生まれ、高校卒業まで育った。ごみごみとした下町で、周囲に自家用車をもっている家庭などなかった。また、場所がら必要もなかった。だからどこかに出かけるときは、決まってバスを使っていた。実は都内移動には、時間さえ気にしなければ電車よりもバスのほうが、はるかに便がいいのだ。

森山は幼いころから完全に父親っ子だった。そして子供のころの休日、親父《おやじ》が外に連れ出してくれた遊びといえば、決まって一緒に都バスに乗ることだった。その度に、いろんな方面行きのバスに乗ったものだ。

お金のかからない、気楽なレジャーだ。安全でもある。快晴でも雨の日でも乗ることができる。

車窓の景色を飽きることなく眺めながら、どこまでか行き、またそこで違う方面行きのバスに乗り換える。

少なくとも小学校に上がるまでは、いつも休日はバスの中だった。

お父さん、アレ、なに？

あれはさ、皇居。

こうきょ？

そう。天皇陛下が住んでいるところ。

てんのうへいか？

そう。昔の日本の王様。今もある意味そうだけど、とても偉い人。

ふーん。

例えば、そんな感じだ。

渋谷のスクランブル交差点。新宿御苑《ぎょえん》。隅田川沿いの桜並木。浜離宮庭園。原宿の歩行者天国。明治神宮。

ある建物や事象に対して聞けば聞くだけ、父親は自分に分かっている範囲で懇切丁寧に答えてくれた。

おそらく父親にしてみれば、レジャーと同時に、息子の社会的な教育も兼ねていたのかもしれない。父親は、大手文房具メーカーの営業職をしていた。ボールペンや消しゴムを、問屋や店舗、学校にセールスして廻る仕事だ。少なくとも幼い森山にとっては、都バス散策は社会への窓だった。

思えば、あの頃が一番楽しかったかなあ——。

地元の小学校に上がると、今度は学区内での子供同士の付き合いも広がり、土日はもっぱら彼らとの遊びに費やされるようになった。小学校三年生を迎えるころには、父親との都バス観光は完全になくなっていた。

そんな生活が激変したのは、小学校四年生に上がる間際《まぎわ》だった。

きっかけは母親の一言だった。

「そろそろ透ちゃんも、いい学校に行く準備を始めないとね」

気がつけば、地元の公立小学校に通うクラスメイトたちの中にも、ぽつぽつと塾通いをする子供が増え始めていた。

最初は、母親が探してきた近所の塾に通うようになった。いや、それを塾と言っていいものかどうか……半年間通っているうちに分かった。四谷に、都内でも有名な進学塾があった。最初の塾は、その有名進学塾に受かるための勉強をさせる塾だった。

塾のための塾……。

バスに乗ったまま、森山は少し微笑《ほほえ》む。

いくらこの日本が学歴が優先される社会とは言え、愚劣極まりないシステムだと今でも思う。いったい世界中のどこの国に、塾のための塾に通う子供がいるというのか。

完全に捻《ね》じ曲がった日本の受験文化……あまりにも馬鹿馬鹿《ばかばか》しい。

それでも森山は母親の言いつけどおり勉強に励み、小学校四年の冬には、その有名進学塾に編入することが出来た。

しかし、本当の地獄はここからだった。

四谷にあったその塾の授業開始は午後五時から。そして夜の九時まで四時間、一時間に五分の休憩を入れながら授業はぶっ続けで行われる。宿題も大量に出た。家に帰って食事をして風呂《ふろ》に入り、十一時ごろから、塾で出された大量の宿題をこなしていく。プラス、小学校の宿題もやらなくてはならない。どんなに懸命にやっても、寝るのはいつも午前三時ごろだった。そして翌朝七時には起きる。

『四当五落』という言葉があった。睡眠時間を四時間まで削って受験勉強を日々頑張れば、まずはどんな志望校にも受かると言われていた。逆に言えば、睡眠時間が五時間程度の頑張りでしかないなら、志望校に受からなくても仕方がない、という考え方だ。

ふん――。バスに乗ったまま、森山は鼻で笑う。

やはり、愚劣極まりない。

『四当五落』など、最低もいいところの俗説に過ぎない。

しかしそれでも当時の森山は、十歳から十二歳の二年半、睡眠を四時間まで削って必死に受験勉強に耐えた。

森山は野球が好きだった。本当は地元の少年リーグに入りたくてたまらなかった。しかし、正式な野球は小学校時代、一度もしたことがない。母親は受験勉強の妨げになると言って、少年リーグに入団することはおろか、グローブを買うことさえ許さなかった。

……三時か三時半に学校が終わり、それから塾に向かうまで、一時間かそこらの束《つか》の間《ま》の自由時間がある。そのときに、仲の良いクラスメイトたちと、カラーボールとプラスチック製のバットで、ささやかな野球の真似事《まねごと》をして遊んだ……そのときだけは、本当に楽しかった。

何故《なぜ》、そんな地獄のような生活に二年半も耐えられたのだろう。

母親はいつも念仏のように言っていた。

「透ちゃん、今ちゃんと頑張っていれば、いい大学に行けて、いい会社に入って、きっと将来いい暮らしができるから」

「辛《つら》い毎日を今耐えてこそ、大人になっていい人生が送れるのよ」

そんなものなのか、と子供心にも思った。

でも、いい大学、いい会社、いい暮らし、いい人生って……『いい』って、いったい何だ??

何に対して、母親は『いい』と言っているのだろう。

母親は森山が起きている限りは、毎日遅くまで寝なかった。そして森山が起きてくる一時間前の朝六時には既に起きて、朝食の支度をしていた。平均睡眠は三時間弱。おそらく足りない眠りは、昼間に補っていたのだろうと思う。

不満はあった。あったどころか、毎日毎日勉強漬けの日々で内心は怒りにまみれ、いつも爆発寸前だった。

でも、母親がそこまでして自分を応援してくれているのだと思うと、どうしてもその怒りを爆発させることは憚《はばか》られた。

透ちゃんのためなのよ。

将来、立派な人になりたいでしょ。

いい人生を、送りたいでしょ。

子供心にも、たしかに正論のように聞こえた。そしてそれが、母親なりの自分に対する愛情だということも感じていた。

だから、何も言い返せなかった。

父親はそんな母親に対し、森山の前では何も言わなかった。会社に行き、八時ごろに帰ってくると、まずは風呂に入り、森山と一緒にテーブルを囲むまで、いつも晩御飯を待ってくれていた。

ある晩のことだ。

零時ごろに勉強に疲れ、一階のトイレまで階段を降りている途中、父親と母親が低い声で言い争っている言葉が聞こえた。

ぼそぼそと父親が言っていた。

「そりゃ、我が子にいい人生を送らせてやりたいのは分かる。でもあれじゃ、透があまりにも可哀《かわい》そうじゃないか。まだ十一なんだぞ。いくらなんでもやらせ過ぎだ」

「あなたは、分かってないのよ」母親が言い返す。「今が一番重要なときなの。ここで踏ん張らなくて、いつ踏ん張るっていうの」

「それにしたって限度ってものがある。今のあいつの顔色、正直おれは見ていられない。まるで死人じゃないか。おれは透には、もっと笑いながら大きくなって欲しい」

私はね、と母親の声がワントーン高くなった。「あの子が将来、誰かと結婚したとき、その相手が、そして子供が、近所や友だちや親戚《しんせき》に誇れるような人間になって欲しいの。そりゃ、あなたの苦労は分かるわ。食べさせてもらっていることにも感謝はしている。でも、その苦労が分かるからこそ、少なくとも何かを買ってもらうために顧客に始終頭を下げているような人間には、絶対になってほしくないのっ」

しばらくの間、父親は無言だった。

やがて、消え入るような声で、こう言った。

「……おまえ、おれの仕事を、恥ずかしいと思っているのか」

「思ってない」その断固とした口調が、かえって森山の胸に突き刺さった。「でも、あの子には、そういう道を歩んで欲しくない。そんなふうに苦労する人生を歩ませたくもない」

もう、聞きたくなかった。

森山は足音を立てぬよう二階への階段を戻り、逃げるように自分の部屋に閉じこもった。そのまま壁にもたれて、ぺたりと座り込んだ。

いい人生。

その意味がようやく分かった。母親は、あろうことか夫、つまりは透の父親と比べて『いい人生』と連呼していたのだ。

情けなかった。辛かった。大好きな父親。

こらえ切れなかった。涙がとめどもなく両頰を伝った。初めて母親に対して、憎悪《ぞうお》のようなものを覚えた。

小学六年生の二月に、中学の試験があった。私立昌蔭高校中等部。結果は合格だった。母親は狂喜乱舞し、父親も久しぶりに顔をほころばせた。

が、その中等部の学力の高さを心配した母親は、三月からまた違う塾に行くように薦めてきた。

ついに森山は激怒した。

もういい加減にしてくれよっ、と。

母親は泣き叫び、それでも自説を譲らなかった。森山もまた、さらにブチ切れた。

「そんなにいい大学に行くことが大事なら、母さん自身が行けばよかったじゃないか」怒りのあまり、夢中でそう叫んでいた。「それを、自分は行きもしないで、ぼくに押し付けようって言うのかっ」

あまりにも厚かましすぎる。

さすがにそこまで言葉には出さなかったが、このときにはっきりとそう思った。

自分が学生の時には、何の努力もしなかったくせして——。

以来、本当に母親のことが大嫌いになった。

結局、塾には行かなかった。父親もこのときばかりは母親に対して怒ったからだ。

「将来は大事だ。だが、それと同じくらい、透の今だって大事なんだっ」さらに父親は言った。「こいつの子供時代を灰色の記憶で埋め尽くす気かっ。楽しい記憶を一つも残さない気かっ。そんな権利は、おれにもおまえにもないっ」

家の中でここまで声を荒らげた父親を見るのは初めてだった。

今だって大事……父親は確かにそう言った。

楽しい記憶。そうも言った。

確かにそうだと、大人になるにつれ、思うようになった。

将来は、確かに大事だ。でも、だからと言って、その将来のために今のすべてを犠牲にするなんて、馬鹿げている。

何故なら、どんな年齢になっても、死ぬ寸前まで常に将来はあるからだ。その将来の備えのために、常に犠牲になっていく今という時間。

いい中学に入ったら、今度はいい高校に行くために、今という時間を犠牲にする。いい高校に行ったら、今度はいい大学のために今を犠牲にする。そして会社に入ったら、今度はそのなかで出世していくために、やがてはいい老後を送るために、今という時間を犠牲にする。

永遠に終わらない、灰色の時間の繰り返しだ。

そして結果、残るのは虚《むな》しい記憶だけだ。おれは頑張ってきたという、その自己満足だけだ。

将来のために努力することが間違っているとは思わない。だが、今という時間は、常に今しかない。取り戻すことはできない……。

昌蔭高校中等部に入学してみると、予想していたイメージと違い、非常に自由な校風だった。宿題もほとんどない。授業中にしっかりと集中していれば、そして授業内容を完全に理解していれば、宿題などあまり必要ではない、という学校側の教育方針だった。そして、表面的な暗記作業より、常にその課題に対して本質的な理解を求められた。

これも、たしかにそうだ、と感じた。

人は、無意味な暗記作業は、やがて忘れる。しかし理解して覚えたことは、記憶から去ることはない。

自宅での勉強の時間はほとんどなくなり、自由な時間が増えた。以前から森山は、やってみたい活動があった。

自分のため、自分の利益のためだけではなく、何か、この社会にも役立つような、自分が必要とされるようなことをしてみたい……。

そして、そのクラブに参加するようになった。地域のボランティア活動をする、『グリーン・ハウス』という高校と合同のクラブだった。富士山のゴミ拾い。夏が過ぎたビーチの清掃。緑の少ない道路や公園などへの植樹。多摩川の清掃活動。

もちろんその活動には、中等部と高校のクラブ担当の先生も参加していた。他の地域の中学校や高校のボランティアクラブと連合を組むときも多々あった。そして当然のように、その地域のボランティア組織も参加していた。

ボランティア活動が終わった後は、決まって、それらの校外の人間ともごちゃ混ぜになって、打ち上げを楽しむ。春から秋にかけては、バーベキュー大会、冬は鍋《なべ》や芋煮大会だった。

楽しかった。小学校時代と比べて、友人や知人も格段に増えた。それも、昌蔭高校中等部だけに限らず、同校の先輩、他の中学校や高校の生徒、すでに社会で働いている大人たち。

そして彼らとの間には、利害関係も、他の運動系クラブに見られるようなレギュラー争いという名の競争も、存在しなかった。

歳《とし》の差や所属の違いこそあれ、完全にフラットな人間関係。人の輪が広がり、繋《つな》がっていき、どんどん自分の世界が広がっていくような感覚——。

やはり、楽しかった。今でも思い出すたびに暖かい気持ちになる。実際、そのころに出来た人間関係は、現在でも飲み会という形で続いている。

森山は初めて、学校というものが好きになった。将来は先生になるのもいいな、と思ったのもこの頃だ。


中等部から高校に上がるとき、森山は密《ひそ》かに決断していたことがある。

母親は依然として、勉強の役に立たないボランティア活動に精を出すことに反対だった。そんな時間があるのなら、より上の大学へ進めるよう、塾に通わなくてもいいから自宅で勉強するようにと、絶えず言い続けていた。

そしてこの三年間、ボランティア活動にばかり精を出し、母親の言いつけを一切聞かなかった自分がいた。

「……」

高校に上がった四月、森山は学校からの帰宅途中に父親の会社に電話をかけた。

当時、本社の営業次長まで昇進していた父親は、このところ会社にいることが多いらしく、すぐに電話に出た。

六時過ぎに、父親の会社の近くにある喫茶店で、会うことになった。

どうした、と父親は森山の前に座るなり、問いかけてきた。「改まって電話なんて。家では出来ない相談か？」

うん、と森山がうなずくと、父親は少し笑った。

「母さんの前では、出来ない相談か？」

「うん」

父親は、もう一度、今度は苦笑した。

「で、どんな話だ？」

言うのを一瞬、ためらった。それでも直後には口に出した。

「……実を言うとおれ、高校生になったら、バイトを始めたいとずっと思ってたんだ」

さすがに父親は驚いた表情を浮かべた。

「どうして？」

問われるまま、その理由を語った。

「父さん、父さんの仕事でウチは食べているけど、でもやっぱりそれは、母さんが家庭をちゃんと守っているからだよね」

ああ、と父親はさすがに察しが良かった。「だからまあ、おれだけの収入ではない。おれの給料は、おれたち夫婦の共同収入だ」

「でもさ、おれはここ三年、母さんの言いつけなんて、完全に無視して暮らしている」

それでも間違ったことはやっていないつもりだ、と森山は言った。いや、間違っているとか、間違っていないとかじゃなく、こんな学生時代のすごし方もあっていいと思っている、と。

父親は黙ってうなずいた。森山のその先の話を促していた。

だから、と森山は言った。そんな母親から毎月の小遣いを貰《もら》いたくないんだ、と。言うことも聞いていないのに、小遣いだけ都合よく貰うのは、なんか違うような気がする。自分に対して、屈辱なんだ。その立場を守るために、できれば授業料も自分で稼ぎたい。だからおれは、バイトを始めたいんだ、と。

そう言い終わったあと、父親は長いこと黙っていた。

が、やがてため息と共に口を開いた。

「おれにも人並みに、おまえがいい大学に行ってくれればという想《おも》いはある。でも同時に、今という時間を納得して過ごしてくれれば、とも思っている。それはいつ、どんな時でもだ。そうしないと人生、あとでまた違った意味で後悔するだろう」

「……」

「意外に、お金の屈辱は消えない。もしおまえが今そう感じているのだったら、あとで自分を情けなく思う。それが小遣いや授業料程度のことだったとしても、だ。それに――」

「……それに？」

そう鸚鵡《おうむ》返しに問い返したとき、不意に父親は笑った。

「まあ、今の学校なら、そんなに勉強しなくても、そこそこの大学に行って、そこそこの企業に入れるようにはなるだろう」

これには森山も思わず苦笑した。確かにそうだった。

父親はさらに言った。

「で、おれは、おまえが社会に出たときに最低限、社会の一員として必要とされるような仕事に就いてくれればと思っている。周囲から必要とされるような人間になってくれればと思っている。社会的な立場で、偉いとか偉くないとかは関係ない。それだけだ」

森山は父親をじっと見た。父親はまた少し笑った。

「もう、おれの答えはわかったな？」

森山も、うなずいた。

「ありがとう」

4

ふう、と真介はため息をついた。

二次面接の三日目。午後二時五十七分。

もう少しで、あの森山が入ってくる。

なんとなく隣の席を見遣《みや》る。川田もこちらを見て笑った。

「もうすぐ、『今の会社』の人が来ますね」

真介は苦笑した。

「うん」

三時ちょうどに森山が入ってきた。

束の間の儀礼的な挨拶《あいさつ》が終わったあと、真介は問いかけた。

「で、どうされるか、自分の中で大体の答えはお決まりになりましたか」

そうですね、と森山はつぶやくように答えた。「まあ、たぶん辞める方向だと思います」

マズい、と真介は思う。特Aランク。辞められるのは、立場的に非常にまずい。ただ一方で、それがもしこの森山の将来のためになるようなら、それはそれでいいとも感じていた。

最近しばしば思っていること。

おれにはおれの人生があるように、被面接者にも、被面接者の将来がある。気分が揺れているのなら、ある程度までは説得を試みるが、おれの仕事のために、強引に捻じ曲げていいものではない。

だから純粋に、この男の考えを聞きたくなった。つい微笑んで聞いた。

「何故、辞める方向で考えられているのです？」

ええ、と森山はかすかにうなずいた。「なんというか……ぼくは前に、外食産業にではなく、接客業に従事しているつもりだと言いましたよね。その中でも特に、いろんな人間を相手にした接客業が性に合っているように思っています」

「はい」

「だから、『ベニーズ』の仕事は好きでした。あのファミレスチェーンの形態は、いろんな雑多な層がやってきては、また帰っていく。そういう世の中全体の雰囲気に近い場所に、身を浸していることが好きなんだと思います。ですからやはり、ハイラークの他の部門に移るのは、気が進みません」

なるほど、と思う。やはりこの男、限られた層を対象とした接客には興味がわかないらしい。それがどんな心持ちから来るのかは、真介には分からないが。

とりあえず、またしても純粋な好奇心から聞いてみた。

「しかし、ハイラークグループを辞められたとして、次の当てはあるのですか」

「今のところ、特には」

「他のファミレス業界に、転職なさるつもりですか？」

いや、とこれにははっきりと首を振った。「今のファミレス業界で一般層を顧客とする商売は、どこもサービスなど二の次で、コスト削減路線一本槍《やり》ですから」

ですか、と真介はうなずく。「では、他業界の接客業、あるいはまるきり別のお仕事ということになりますよね」

すると森山はわずかに笑った。

「たぶんですが、他の接客業でいくと思いますね。できればですが、現場に近いところでスタッフの接客を管理するような仕事を」

「しかし、どうして接客業なのですか？」真介は試しに突っ込んでみた。「言い方は変かもしれませんが、あなたほどの能力がおありになれば、おそらくは他の事務職や営業職に転職されても、相当なパフォーマンスを発揮されると感じるのですが」

すると森山は、わずかに躊躇《ためら》ったあとに、口を開いた。

「おそらくはご存知でしょうが、実を言うと、ぼくは一時期、本社の管理部門にいたことがあります」

お？

この男、何を言おうとしているのだろう。ともかくも、仕事は抜きにしても、先を聞きたい。そこに、この男の何かを解く鍵《かぎ》があるような気がする。

「確かにそのように、職務履歴書でもなっていましたね」

森山はうなずく。

「いわゆる、昇進ですよね。そしてぼくは、ふたたびラインに戻ってくる。現場の士気をもう一度高めていく、イメージ店舗としての役割です」

「そのようですね」

「でも、ぼくがその現場を希望したのには、接客業の現場に戻りたかったのには、もう一つの理由がありました」

今度は真介は、何も言わずにうなずいた。それを受けて、さらに森山の話は続いた。

「ぼくは本社スタッフのとき、いつも全国の店舗の数字に追われていました。今シーズンがこういう数字だったから、来春はこうしなくちゃいけない。今期の問題点がこだったから、来期までの改善のために今やるべきことは、こういうことだ、とかね」

そう言って、やや皮肉そうに少し笑った。

「もちろん、そういうふうに販促戦略を仕掛けて、それが当たったときには、とても嬉《うれ》しかったものです。仕事のやりがいというものも、感じてはいました。しかしそれと同時に、いつも先々のことばかり考える人間になってしまっていました。その日の終わりで、とりあえず仕事は一段落ではない。自宅に戻っても、考えているのは常に明日以降の仕事のことばかり。今期が終われば、すぐに来期の戦略のこと……」

少しずつ分かってくる。

この男の生き方の姿勢。あるいは、そうありたい日々の方向性。

「今のために、今があるのではない。明日のためだけに今がある日常と仕事――とりあえず今日も終わったな、という充実感がまるでない。ぼくは、次第にそういう毎日が息苦しくなってきたのです。それが、正直なところです。だから半分は、ノイローゼになる前に逃げ出したというのが正解なのです」

そこまで言われて初めて、真介も相手の言わんとすることを心底理解できた。

確かにそうだ。

おれたちは、しばしば今を生きずに明日のことばかりを心配している。結果として、今という一瞬一瞬を、台無しにしていることも多い。心底は、楽しめていない。

もう、充分だった。

それから十分後、森山は部屋を出て行った。

三次面接の約束は取り付けなかった。森山に対しては、もう無意味だろうと思ったからだ。相手もそれで了解した。

森山透。早期退職決定……まあ、仕方がないか。

静まった面接室の中、ふと視線を感じて横を見る。

川田美代子が、うっすらと笑みを浮かべている。

つい、軽口を叩《たた》いた。

「逃しちゃったよ、『特A』」そう言った。「おれも、修行が足りないね」

「でも、それはそれでいいじゃないですか」川田は言った。「特に今回は」

「なんで?」

うーん、と川田は首を捻ったあと、こう言った。

「だって、今の森山さん、この前は『私』って言ってました。でも、今日は『ぼく』って言ってました」

「そう言や、そうだ」

「それってなんか、嬉しくないですか」

なんとなくだが、言わんとすることが分かった。

「だね」

と、また笑った。

5

まさか、あんなことを口走るとは夢にも思っていなかった。

人気の少なくなったフロアに立ったまま、森山は思う。

午後九時半——。今日はいつもの田中はいない。休みを取っている。

たぶん、あれだ。

村上とかいう面接官の、あの時の微笑に、つい釣られたのだと思う。森山は仕事がら、人の表情には敏感だ。あの男、何故かあの時だけは仕事上の立場を離れて、笑いかけてきたような気がする……。

すでに二次面接に向かうときには、会社を辞めるつもりになっていた。三次面接も、最初から断るつもりだった。

どうせもう、この面接官には二度と会わないのだ。

そう思うと、一人旅の列車で乗り合わせた乗客同士のように、意外な気安さを感じた。社内では今まで誰にも話したことがなかった気持ちを、つい口走った。正直、自分でも驚いた。

ま、いいか――。

森山はもう一度窓の外を見遣る。

いつもの新宿の、夜の景色が広がっている。

それにしても、と思う。最初にバイトを始めたころは、まさか正社員になり、しかもこんなに長く勤めるなんて、夢想だにしていなかった。

おれはいつもそうだ、と思う。

最初の牛丼屋だって、家庭教師のバイトを見つけるまでの、ほんの繋ぎのつもりだった。

それがあれよあれよという間に店長を任され、つい立場上マジになり、バイトの分際でどんどん仕事にのめりこんでいった。店長代行待遇で、時給千二百五十円。多い月には、バイト代が手取りで二十五万を超えた。父親に言ったとおり、小遣いも学費も余裕で賄《まかな》えるようになった。残りは大学の入学資金へと貯金に回した。

これは少し、自分が誇らしかった。

この『ベニーズ』にしてもそうだ。単に大学卒業までのバイトのつもりだったが、これまた周囲に求められるまま、のめりこんだ。バイト代は、月額四十万を超えていた。おかげで高校時代と同じように、小遣いと学費はおろか、余裕で敷金礼金を払い、一人暮らしが出来るようになった。それでもお金が余っていた。普通自動車免許を取った三年後、ついでに大好きなバスの免許も取得した。

そして、その現状にはなんとなく満足だった。

森山のころは、教職員希望者が受難の時代だった。特に東京都はそうだった。

大学の最終学年で採用試験に落ち、翌年も落ち、さらにまた次の年には選択肢を広げ、採用試験を一都三県で受けたが、これまた落ちて留年を繰り返しているうちに、ハイラークグループの人事部から、誘いがあった。

「君さえよければ、本当の意味での幹部候補生として、正式に採用したいんだが」

まあ、それでもいいかと思って入社した。言われたとおり、すぐに本社スタッフに昇進した。給料も格段に上がった。

しかし、そこで改めて気づいた。

おれ、なんだかんだ言って、一日に区切りのある仕事が好きなんだ。とりあえず一区切りできる充実感。一日の疲れもストレスも、その日のうちに流す。そしてまた、新しい明日が来る。

だから、牛丼屋も『ベニーズ』も長く続けることが出来たのだ……。

ふいに気づいた。

端のほうの窓から見えるベニーズ専用の駐車場。その駐車場に、クルマが四、五台、連なって入ってきた。注意して見なくても分かる。みんな、同じ車種のクルマ。前に聞いた。ホンダのスポーツカーだ。たしかS2000とか言っていた。月に一度ほど、土曜の夜にやって来る。

つい森山は微笑む。

やがて店のガラス扉が開き、先頭で入ってきた長身の中年男が「よっ」と、森山に手を上げてきた。

どうも〜、と森山も笑う。「加藤先輩、相変わらず元気ですね」

まあな、と男は笑った。「で、いつもの奥の席、いいかな？」

「どうぞ」

そう言いつつ、森山が自ら先導していく。横を歩きながら加藤が話しかけてくる。

「最近、調子はどうよ」

「ま、良くもなく、悪くもなく、ですね」

はは、と相手は笑った。「おまえは相変わらずだなあ、その言い方」

中学時代の先輩だ。だから、高校の先輩でもある。同じボランティアクラブ『グリーン・ハウス』に所属していた。当時からこの先輩には非常に可愛《かわい》がってもらっていた。森山が高校でクラブ活動を辞めて以降も、この加藤は活動を続けていた。付き合いは続いた。森山がバイトを始めてからも、ちょくちょくその金で『グリーン・ハウス』に差し入れに行っていたせいもある。

だから加藤は、自分が高校時代からバイトをしまくっていたことをよく知っている。

そしてバイトをしている理由も、この先輩だけには打ち明けた。「えらいっ」と、そのときも加藤は大笑した。「おまえは、十六歳で早くも自立をしている。おれなんか、とても真似できないや」

高校卒業後も、半年に一回ほど、『グリーン・ハウス』のOB会——つまり飲み会に誘われ、しばしば参加した。

「なんだ、まだおまえ、サークルにも入らずにバイトばっかりやっているのか。しかもまた、店長なんかにならされて」

決まって加藤はそう言って笑った。次いで、敢《あ》えて偉そうにこうも言うのが常だった。

「生活費は充分にまかなえているんだろ？　いいか、自活しているのは偉いことだけど、大学生の生活にはな、もっと楽しいこともいっぱいあるんだぞ」

確かにそのとおりだと思った。でも一方では、自分には自分の生き方があるとも感じた。

人間、その時々に応じて、必要とされている場所がある。

たとえそれがバイトでも、人から求められる、あるいは必要とされる。そんな場所にいるのが、一番幸せなことなんじゃないかと、当時から森山は思っていた。事実、バイト生活は肉体的にはきつかったが、それでもやはり、楽しかった。

だから、大学時代も周囲からからかわれようと、バイト優先の生活を続けた。

今、その先輩が、クルマ友達に囲まれて奥の席でワイワイやっている。いつもだいたい、何かの食べ物とフリードリンクのセットを頼む。そうやって閉店間際まで、時おり追加注文をオーダーしながら、クルマ談義に花を咲かせている。

森山が『ベニーズ』に正式に入社したころから、この加藤はクルマ仲間を連れて、ちょくちょく店にも遊びに来るようになった。それは、森山が本社から店舗へと戻ってきた後も続いている。

決まって土曜日の十時ごろだ。そして閉店ぎりぎりまで仲間と会話を楽しんだ夜明け、また一人一人、クルマで帰っていく。

いつか、森山は言ったことがある。

「なんか、いつもわざわざ来てもらって、ありがとうございます」

たぶん、この先輩は『ベニーズ』業績不振のことを知っているのだ。だからこうして来てくれるのだ、と想像していた。

ところが加藤の返事は、意外なものだった。

いや、違うんだよ、と照れながら頭を掻《か》いた。

「そりゃ、おまえの顔をたまには見ときたいって気持ちもある。でも、それ以上に、おれたちみたいなクルマ仲間にとっては、『ベニーズ』ってファミレスの業態は、ひどく居心地がいいんだよ」

「は？」

森山が怪訝《けげん》そうな顔をすると、加藤は簡単に説明してくれた。

まずは都内でも、『ベニーズ』はどの店舗も、ある程度の駐車場の敷地を確保したファミレスであること。だからクルマで気軽に集まりやすい。営業時間も、普通のレストランに比べると格段に長い。

そして、長談義には欠かせないフリードリンクが付いていること。さらには、そのフリードリンクも、ちゃんとフロアスタッフが持ってきてくれるので、仲間の一人がお代わりを取りに席を外したタイミングで、話が途切れることもない。

そして、あの呼び出しの電子ベルで、その時々の会話の雰囲気を邪魔されることがない。

「特にその良さを感じるのが、夜明け近くかな。みんなさ、さすがになんとなく話し疲れ、眠くもなってきて会話も途切れがちになる。でも決して、居心地の悪い無言の時間じゃない」

「……」

「今夜もまた、くだらない与太話で充分に笑ったな、っていう妙な幸せ感。そのときにさ、お客もほとんどいなくなって、しんと静まり返っている店内の雰囲気。他に居る客は、夜勤明けのタクシーの運転手ぐらい。たまに聞こえてくるのは、早朝にフロアスタッフがかけている掃除機の、かすかな音だけ。そして、窓の外では、ゆっくりと夜が明け始めている……」

そこまで言って、また加藤は笑った。

「その瞬間がね、またなんとも言えず、いいんだよね」

……今夜もまた、そうなった。

森山は時計を見る。午前四時四十五分――。

たしかに加藤の言うとおり、店内は静まり返っている。居るのは先輩たちクルマ仲間の四人と、夜勤明けと思《おぼ》しきタクシーの運転手が一人、二人……。フロアスタッフが、お客のいないスペースのほうから、静音の掃除機をかけ始めている。

やがて、閉店の時間になった。

最初にタクシーの運転手が会計を済ませて出て行った。次に加藤たちのグループが立ち上がり、レジにいる森山のもとにやってくる。

「今夜もまた、世話になったね」

「いいえ」心から、森山は言った。「いつも、ありがとうございます」

知り合いということもあるし、最後の客という気安さも手伝い、森山は、店の外まで見送りに出た。

加藤は他の三人と共にそれぞれのクルマに戻りかけたが、ふと思い出したように、引き返してきた。

「そう言えばさ、おまえ、どうするんだ」

「え？」

「新聞で読んだぞ。『ベニーズ』部門、全店閉鎖のニュース」

ああ、と森山は笑った。「それですか」

どうするんだ、と加藤はもう一度問いかけてきた。「ハイラークの他の部門に移るのか」

いいえ、と首を振った。「とりあえず、ハイラークは辞めます」

「とりあえず？」

「辞めたあと、どうするかまだ決めてませんから」森山は答えた。「だから、とりあえずです」

　おまえなー、と加藤は口を尖《とが》らせた。「この不景気の時代に、先も決めずに辞めるってのは、どういう了見《りようけん》だ？」

　おうい、とクルマの脇《わき》で待っている仲間の呼びかけが聞こえてきた。

「悪いっ。みんな先に帰ってくれ。今度、またな〜」

　そう呼びかけたあと、加藤は再び森山に向き直った。

「でもまあ、あれか。おまえぐらい外食のプロフェッショナルになると、どこからでも引く手あまただろうからな」

　思い出す。

　この先輩には以前、本社スタッフを自分から退いた本当の理由も語った……。

　かもしれませんが、と森山はこれにも首を振った。「思うところがあって、一度、外食産業からは離れてみようと考えています」

「おいおい」加藤の声がワントーン上がる。「おまえ、いったい何を考えてる。十五歳からのせっかくのキャリアを、台無しにするつもりか」

　森山は少し笑った。

「安心してください。それでもまた、違った形で接客業は続けるつもりですから」

「……ふむ」

加藤は唸《うな》るように一声上げた。

しばらく黙っていたあと、もう一度、ふむ、とつぶやいた。

「——相談がある」

そう言って胸ポケットから一枚の名刺を取り出し、森山に渡してきた。

エリクソン・ジャパン損害保険㈱

人材開発部　次長　加藤直樹
とある。社名が表すとおり、ここ十年ほど、その保険料の安さで急速にシェアを伸ばしてきている外資系の損保のうちの一社だ。

「おれが今いるこの会社、また新しく業務を拡大することになってな。主にクルマ関係の損害保険の部門でだけど」

「ですか」

「で、来期からは、重車輌《じゅうしゃりょう》専門の損保部門も、新しく立ち上げる計画になっている」

「重車輌？」

おまえなあ、と加藤は顔をしかめた。「ナニぼけてるんだ。重車輌つったら、分かるだろ。おまえも免許を持っているバスや、トラック、クレーン車輌、トレーラー、そんなでかい商業車を扱う部門だよ」

「……あ、なるほど」

「で、その部門を立ち上げたあと、ゆくゆくは重車輛専門のコールセンター、つまり、お客様相談センターも設置する。コールスタッフは基本、女性でまとめる。だが、その女性たちを取りまとめるセンター長になる人材が、なかなか難しい」

「……」

「ちょっと考えれば分かるだろ。普通でも、自動車免許も持ってないような人間に、誰がクルマの保険の相談をしたがるよ。だからおれたちの考えでは、コールスタッフは仕方がないにしても、センター長になる人間は、最低でも大型免許を持っているという条件が必須《ひっす》だ」

――ようやく話が見えてきた。だが、まさかと思う。

「で、おまえだ。大型二種免許も持っている。接客業歴も長く、しかもスタッフの管理歴ときたら、十六歳からだから、もう二十年選手に近い。ある意味、人材管理、シフト管理の超ベテランだ。さらには事務管理職の経験もあるときてる。もう一つ。前におまえが言っていたように、一日が終われば、それで一区切りの仕事でもある」

ちょ、と思わず森山は慌《あわ》てて言った。

「ちょっと待ってください。いくらある意味、コールセンターが接客業だと言っても、外食の接客とは、あまりにも世界が違いすぎませんか？」

「違わない」加藤は断言した。「意外かもしれないが、コールセンターで仕事の評判がいい女性は、実は圧倒的に外食産業の出身が多い。何故《なぜ》かって言うと、たとえ声しか聞こえなくても、口先だけの態度なら、そのニュアンスは電話口から相手に伝わるからだ。たとえ電話口でも、ちゃんと頭を下げ、ちゃんと笑い、ちゃんとうなずく。その態度と姿勢は、確実に顧客に届いていく」

「……」

「実際、おれたちの会社では、他業種のコールセンター出身者より、外食産業出身者のほうを優先して採用している。それが結果的に、かなりの成功を収めている。だから、違わない」

加藤は視線を逸《そ》らさず、さらに言葉を続ける。

「あとは、保険の知識だけだが、これはもう、勉強さえすればいい。どうだ。おまえさえよければ、早速来週にでも人事部に話は通しておくぞ」

言いながら、森山の手から一度差し出した名刺をひったくった。裏を返し、胸ポケットからペンを出して、さらさらと携帯番号を書き込む。

「知っているとは思うが、念のためだ。つまりそれくらい、おれはマジだ」

そう言いながら再び名刺を差し出して、少し苦笑した。

「言っておくが、もし入社という運びになったら、特別にマンツーマン研修を設定してやる。ギチギチに保険の知識を詰め込んでやるから」

森山も、つい笑った。

そして気がつけば、ごく自然に、もう一度名刺を受け取っていた。

クルマ――S２０００に乗り込む前に、加藤はさらに念を押してきた。

「来いよ。連絡、待ってるぞ」

一瞬迷ったあと、それでも森山は答えた。

はい、と。


午前六時――。

店を出た森山は、いつものようにバス停まで歩き始めた。

始発のバスは、六時十三分。まだ少し時間がある。

途中で立ち止まり、ポケットから改めて名刺を取り出した。まじまじと、もう一度その社名を眺めてみる。そして、またポケットにしまった。

まだ暗い夜明け前の大通りを、再び歩き始める。

歩きながらも、ふと一人で笑った。

やはり、そうなのかもしれない、と感じる。


過去を追うな。

未来を願うな。

過去はすでに捨てられた。

未来はまだやって来ない。

ただ今日なすべきことを熱心になせ。

誰か明日の死のあることを知らん。

釈迦《しゃか》の言葉だ。

中学生のときに本で知った。

たとえ明日のことを考えていなくても、懸命に日々を生きてさえいれば、そのうちに何かが見えてくる。

人。意思。モノ。時間。

どこかで、何かが繫がってくる……。

やがてバス停が見えてきた。

つい嬉しくなり、ある歌を口ずさんだ。

『Our Day Will Come』——。

半年ほど前にこの世を去ったエイミー・ワインハウス。彼女のヴァージョンが、今は一番のお気に入りだ。

解　説

栗田有起

大学生だった私が就職活動をしたのは一九九三年、就職氷河期がはじまったとされるちょうどその時期だった。

女子学生が就職するには短大卒のほうが有利だといわれていた土地柄もあって、名もない大学に通う自分は、氷河期であろうがなかろうが厳しいであろうとはじめから覚悟していた。

覚悟はしていたものの、まさかこれほどとは、というくらい実際は大変だった。会社の説明会で、明らかにそこに存在しないものとして扱われる。インターネットが発達していなかったあの時代、採用情報が掲載された会社案内はとても重要だったのだが、何度請求しても送られてこない。私のような人間はそこがどんな会社か知ることさえ許されないということか。応募するまえからきっちり門が閉ざされている現実に、ただただ呆然《ぼうぜん》とするしかなかった。

結局、地元での就職をあきらめ、東京で小さな人材派遣会社に登録することとなった。

あれから二十年ほど経《た》つが、リーマンショック以降、日本は就職氷河期にふたたび見舞われていると聞く。

仕事とは何か。

会社員になるとはどういうことか。

自分には何ができて、何をやりたいと願っているのか。

冷たい氷の上でじたばたしていた当時の私は、そんなことをじっくり考えることなく、とにかくどこでもいいから雇ってくださいと、そればかり天に祈っていたなあ、と思う。もしかしたら就職などできないかもしれないと怯《おび》えていた私は、そんな問いを持つのさえ贅沢《ぜいたく》に感じていたのだ。

しかし、たとえ問うたとしても、それらに答えるのは不可能だったし、一度でも働いたことのあるひとなら、そういった問いは、実は働きはじめてからこそ深い意味を持つのだと身をもって知るのだろう。

本シリーズの主人公・村上真介《しんすけ》は、企業のリストラ面接を請け負う『日本ヒューマンリアクト㈱』の社員である。

正直にいうと、仕事ができて、人柄がよくて、姿もよくて、上司や同僚に恵まれ、素敵な恋人もいる村上真介のことが苦手である。できうることなら鼻先でケッと笑いとばしてしまいたい。

けれどそうできないのは、あまつさえ読み進めるうちに、自分もリストラの対象（あるいはＡＪＡのキャビンアテンダントとして希望退職を引き留められる側）として、彼の面接を受けてみたいと夢想してしまうのは、彼の目には自分がどんな人間に映るのかたしかめてみたい欲望にかられてしまうからであろう。

そして彼に突きつけてほしいのだ。あなたにとって働くとは何か、その意義はなんなのか、という問いを。

私が登録した人材派遣会社は、とある製薬会社の子会社で、女子の事務スタッフはほとんどがそこから派遣されていた。

はじめは経営企画室という、海外企業との契約業務を行う部署にアシスタントとして配属され、書類の整理などをしていた。上司はふたりいた。社長にヘッドハンティングされた室長はＭＢＡ取得者。異例の若さで大手電機メーカーの地方支社長を務めていた人物で、もうひとりの上司は大手商社出身、彼はのちにその会社の社長に就任する。彼ら以外にも、輝かしい経歴を持つ人物がひしめいていて、ペーペーの私にはまぶしすぎる職場だった。どうしてそこに自分がいあわせてしまったのか、いまだによくわからない。上司に文章をほめてもらったこと、のちに広報室に異動し社内報を手掛けたことが小説を書くきっかけとなったのだが、当時は劣等感にさいなまれ、毎日会社へ行くのがつらかった。優秀な彼らとくらべるのはおこがましいにもほどがあるが、おのれの会社員としての能力のなさに、つくづく嫌気がさしていた。

単行本で本作には『勝ち逃げの女王』というタイトルがつけられていた。文庫本化するにあたり、垣根氏は別の短編に冠している『永遠のディーバ』に改題することを決められた。

なぜ垣根氏がこのタイトルにしたのか、本編を読むとわかる気がする。

プロのミュージシャンを目ざしていた飯塚がその道をあきらめ、音楽に関わっていたいと楽器制作の会社に入社したが、彼の率いる部署の業績がおもわしくなく、リストラの対象者となる。

村上によって自身の根底にあった問題を見つめさせられ、のちに彼は大きな決断を下す。村上の口にした「実力と才能は、似て非なるもの」という言葉は、彼同様、多くの働く人間に響くのではないだろうか。

作中に登場する、音楽の才能に恵まれた龍造寺《りゅうぞうじ》みすづという歌手は、見方によっては困難な人生を歩まざるをえなかったととらえることもできる。才能を引きうけるとは、ときに過酷なことなのだ。

どう働くかというのは、どう生きていくのかという姿勢に直結する。飯塚の直面した問題は、おそらく著者である垣根氏自身も乗りこえてきたことにちがいない。おなじく小説を書く身である私にとってもそれは同じだ。永遠のディーバを前にして彼が到達した思いを読みながら、こみあげてくるものがあった。

さて、本作は『君たちに明日はない』シリーズの四作目となるわけだが、村上真介がリストラにたずさわりながら全編を通して模索してきたもののひとつに、価値観の変容があるだろう。

価値というのは、未来永劫《えいごう》絶対に変わらない。不変であるからこそ価値と呼ばれるにふさわしい。変わるのは、何を価値とするのかという考え方のほうである。

『リヴ・フォー・トゥデイ』において、ファミリーレストランで長年働いてきた森山透《すぐる》のいう、「観念的な正しさなんて、本当は実体がない」という知性は人類が持ちうる真の価値であり、ひとびとが「寄る辺に餓《かつ》え」たすえに求めるのが「何かの基準」、つまり価値観である。たとえば彼の母親が、塾に通う小学生の森山にむかって念仏のようにくりかえした、「今ちゃんと頑張っていれば、いい大学に行けて、いい会社に入って、きっと将来いい暮らしができるから」というのは、すこしまえまでの日本でかなりの人間が信奉するに足りた価値観だったといえよう。

村上真介は、社会状況の動きにあわせて否応《いやおう》なく変わっていく価値観が解体されるのを、リストラを宣告された数々の人間の姿と行動に見てきた。

そのときの村上の視線は、優しい。時代は変わったんだ、おまえも変われよ、などという冷酷さとは程遠い。『勝ち逃げの女王』で「結局CAは、ヒトから羨《うらや》ましがられて、嫉妬《しっと》されてナンボだ」と考えるAJAのキャビンアテンダントの、世間の価値観をまるでサーカスの玉のように乗りこなす生き様を、それもありだと肯定する。

どんな価値観にも正解はない。問題となるのは、どんな価値観を支持すれば、あるいはそこから自由になることがそのひとにとって正解になるのか、であろう。

あなたにとっての価値とは何か。今勤めている会社を離れて新しい職場を得ることか。たとえ窓際《まどぎわ》に追いやられても今の会社にとどまりつづけることか。永遠のディーバに出会った男のように、心から情熱を傾けられる対象を見つけ、そこに打ち込むことか。

当人も意識していなかった、自分にとっての本当の価値。世間のひとが漠然と口にする「いい暮らし」とは、自分にとって何を意味するのか。それは長い時間をかけて、七転八倒しながらみずからの内側を掘り起こしていくしかないんだなあ、と彼らの奮闘を目の当《まあ》たりにして思う。

　会社員だったころ、有能な先輩を前にして、なれるわけもないのに自分もそうならなくてはならないとなぜだか勝手に思いこみ、みずからを縛りつけ、やっぱり無能な自分に悩んだあげく体重を減らしとうとう倒れてしまった当時のだめな自分に教えてあげたい。

　あなたのいる場所はそこではない。「必要とされなくなった場所に居てはいけないんだよ」と。厳しく聞こえるかもしれないが、これは決して希望を断つのではなく、むしろ前途を祝う言葉なのだと、今ならばわかる。つらい経験をしなければ、自分の進む道は見えてこなかったのだから。

　私が勤めていた製薬会社は、今はもうない。どんなに優れた人材が大勢いても、終わるときは終わってしまう。当時の上司や先輩が今どうしているのか存じ上げないが、おそらく新天地で活躍されていることだろう。彼らはどこにいても能力を発揮できる人物。未熟だった私にも、それはわかった。

　数年前に出産し、女の子を育てている。ふと本屋で開いた育児書にこんなことが書かれていた。

これから日本の社会状況を生き抜いていくためには女の子が専業主婦志向を持つのはリスクが高い。幸せな結婚をして愛し愛されることと、自活し、生きがいをもって仕事にとりくめることの両方の力を、これからの女の子に身につけてもらいたい。

そう明言されて、目の覚める思いがした。やはり時代は変わりつつある。結婚しようがしまいが、上昇志向があろうがなかろうが、女性も働きつづけなければならない状況は迫っている。今後は誰もが働くことの意味を問いつづける必要があると思う。

とはいえ、かわいいわが子には、村上真介の面接を受けてほしいような、ほしくないような、複雑な親心ではありますが。

（二〇一四年八月、作家）

この作品は二〇一二年五月新潮社より刊行された
『勝ち逃げの女王』を改題したものである。

垣根涼介著
君たちに明日はない
山本周五郎賞受賞
リストラ請負人、真介の毎日は楽じゃない。組織の理不尽にも負けず、仕事に恋に奮闘する社会人に捧げる、ポジティブな長編小説。

垣根涼介著
借金取りの王子
―君たちに明日はない2―
リストラ請負人、真介に新たな試練が待ち受ける。今回彼が向かう会社は、デパートに生保に、なんとサラ金!? 人気シリーズ第二弾。

垣根涼介著
張り込み姫
―君たちに明日はない3―
リストラ請負人、真介は戦い続ける。ぎりぎりの心で働く人々の本音をえぐり、仕事の意味を再構築する、大人気シリーズ!

垣根涼介著
ワイルド・ソウル（上・下）
大藪春彦賞・吉川英治文学新人賞・日本推理作家協会賞受賞
戦後日本の〝棄民政策〟の犠牲となった南米移民たち。その息子ケイらは日本政府相手に大胆な復讐劇を計画する。三冠に輝く傑作小説。

髙村薫著
黄金を抱いて翔べ
大阪の街に生きる男達が企んだ、大胆不敵な金塊強奪計画。銀行本店の鉄壁の防御システムは突破可能か？ 絶賛を浴びたデビュー作。

髙村薫著
神の火（上・下）
苛烈極まる諜報戦が沸点に達した時、破天荒な原発襲撃計画が動きだした――スパイ小説と危機小説の見事な融合！ 衝撃の新版。

高村薫著
リヴィエラを撃て（上・下）
日本推理作家協会賞／日本冒険小説協会大賞受賞

元IRAの青年はなぜ東京で殺されたのか？白髪の東洋人スパイ《リヴィエラ》とは何者か？ 日本が生んだ国際諜報小説の最高傑作。

高村薫著
マークスの山（上・下）
直木賞受賞

マークス――。運命の名を得た男が開いた扉の先に、血塗られた道が続いていた。合田雄一郎警部補の眼前に立ち塞がる、黒一色の山。

高村薫著
照柿（上・下）

運命の女と溶鉱炉のごとき炎熱が、合田と旧友を同時に狂わせてゆく。照柿、それは断末魔の悲鳴の色。人間の原罪を抉る衝撃の長篇。

高村薫著
レディ・ジョーカー（上・中・下）
毎日出版文化賞受賞

巨大ビール会社を標的とした空前絶後の犯罪計画。合田雄一郎警部補の眼前に広がる、深い霧。伝説の長篇、改訂を経て文庫化！

高村薫著
晴子情歌（上・下）

本郷の下宿屋から青森の旧家へ流されてゆく晴子。ここに昭和がある。あなたが体験すべき物語がある。『冷血』に繫がる圧倒的長篇。

楡周平著
再生巨流

一度挫折を味わった会社員たちが、画期的な物流システムを巡る新事業に自らの復活を賭ける。ビジネスの現場を抉る迫真の経済小説。

楡周平著

ラストワンマイル

最後の切り札を握っているのは誰か――。テレビ局の買収まで目論む新興IT企業に、起死回生の闘いを挑む宅配運輸会社の社員たち。

楡周平著

虚空の冠（上・下）
―覇者たちの電子書籍戦争―

電子の時代を制するのはどちらだ!? 新聞・テレビ・出版を支配する独裁者とIT業界の寵児の攻防戦を描く白熱のドラマ。

黒川博行著

大博打

なんと身代金として金塊二トンを要求する誘拐事件が発生。驚愕する大阪府警だが、犯行計画は緻密を極めた。驚天動地のサスペンス。

黒川博行著

疫病神

建設コンサルタントと現役ヤクザが、産廃処理場の巨大な利権をめぐる闇の構図に挑んだ。欲望と暴力の世界を描き切る圧倒的長編！

黒川博行著

左手首

一攫千金か奈落の底か、人生を賭した最後のキツイ一発！ 裏社会で燻る面々が立てた完全無欠の犯行計画とは？ 浪速ノワール七篇。

黒川博行著

螻蛄（けら）
―シリーズ疫病神―

最凶「疫病神」コンビが東京進出！ 巨大宗派の秘宝に群がる腐敗刑事、新宿極道、怪しい画廊の美女。金満坊主から金を分捕るのは。

佐々木譲著　ベルリン飛行指令

開戦前夜の一九四〇年、三国同盟を楯に取り、新戦闘機の機体移送を求めるドイツ。厳重な包囲網の下、飛べ、零戦。ベルリンを目指せ！

佐々木譲著　エトロフ発緊急電

日米開戦前夜、日本海軍機動部隊が集結し、激烈な諜報戦を展開していた択捉島に潜入したスパイ、ケニー・サイトウが見たものは。

佐々木譲著　ストックホルムの密使（上・下）

一九四五年七月、日本を救う極秘情報を携えて、二人の密使がストックホルムから放たれた……。〈第二次大戦秘話三部作〉完結編。

佐々木譲著　天下城（上・下）

鍛えあげた軍師の眼と日本一の石積み技術を備えた男・戸波市郎太。浅井、松永、織田、群雄たちは、彼を守護神として迎えた――。

佐々木譲著　制服捜査

十三年前、夏祭の夜に起きてしまった少女失踪事件。新任の駐在警官は封印された禁忌に迫ってゆく――。絶賛を浴びた警察小説集。

佐々木譲著　警官の血（上・下）

初代・清二の断ち切られた志。二代・民雄を蝕み続けた任務。そして、三代・和也が拓く新たな道。ミステリ史に輝く、大河警察小説。

佐々木 譲著
暴 雪 圏
会社員、殺人犯、不倫主婦、ジゴロ、家出少女。猛威を振るう暴風雪が人々の運命を変えた。川久保篤巡査部長、ふたたび登場。

佐々木 譲著
カウントダウン
この町を殺したのはお前だ！ 青年市議と仲間たちは、二十年間支配を続けてきた市長に闘いを挑む。北海道に新たなヒーロー登場。

佐々木 譲著
警官の条件
覚醒剤流通ルート解明を焦る若き警部・安城和也の犯した失策。追放された〝悪徳警官〟加賀谷、異例の復職。『警官の血』沸騰の続篇。

荻原 浩著
コールドゲーム
あいつが帰ってきた。復讐のために――。4年前の中2時代、イジメの標的だったトロ吉。クラスメートが一人また一人と襲われていく。

荻原 浩著
メリーゴーランド
再建ですか、この俺が？ あの超赤字テーマパークを、どうやって?! 平凡な地方公務員の孤軍奮闘を描く「宮仕え小説」の傑作誕生。

荻原 浩著
押入れのちよ
とり憑かれたいお化け、No.1。失業中サラリーマンと不憫な幽霊の同居を描いた表題作他、必死に生きる可笑しさが胸に迫る傑作短編集。

荻原　浩著

月の上の観覧車

閉園後の遊園地、観覧車の中で過去と向き合う男――彼が目にした一瞬の奇跡とは。過去／現在を自在に操る魔術師が贈る極上の八篇。

三浦しをん著

格闘する者に○《まる》

漫画編集者になりたい――就職戦線で知る、世間の荒波と仰天の実態。妄想力全開で描く格闘の日々。才気あふれる小説デビュー作。

三浦しをん著

人生激場

世間を騒がせるワイドショー的ネタも、なぜかシュールに読みとってしまうしをん的視線。乙女心の複雑パワー、妄想全開のエッセイ。

三浦しをん著

悶絶スパイラル

情熱的乙女(?)作家の巻き起こす爆笑の日常。今日も妄想アドレナリンが大分泌！　中毒患者急増中の抱腹絶倒・超ミラクルエッセイ。

三浦しをん著

天国旅行

すべてを捨てて行き着く果てに、救いはあるのだろうか。生と死の狭間から浮き上がる愛と人生の真実。心に光が差し込む傑作短編集。

山崎ナオコーラ・柴崎友香・中上紀・野中柊・宇佐美游・栗田有起・柳美里・宮木あや子著

29歳

8人の作家が描く、29歳それぞれのリアル。不完全でも途中でも、今をちゃんと生きてる女子たちへ送る、エネルギーチャージ小説！

永《えい》遠《えん》のディーバ
―君たちに明日はない4―

新潮文庫　か－47－14

平成二十六年十月一日発行

著者　垣《かき》根《ね》涼《りょう》介《すけ》

発行者　佐藤隆信

発行所　株式会社 新潮社
郵便番号　一六二―八七一一
東京都新宿区矢来町七一
電話　編集部(〇三)三二六六―五四四〇
　　　読者係(〇三)三二六六―五一一一
http://www.shinchosha.co.jp

価格はカバーに表示してあります。

乱丁・落丁本は、ご面倒ですが小社読者係宛ご送付ください。送料小社負担にてお取替えいたします。

印刷・大日本印刷株式会社　製本・加藤製本株式会社

ISBN978-4-10-132976-5 C0193